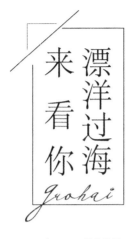

漂洋过海来看你

guohai

PIAOYANG
GUOHAI
LAI
KANNI

凌霜降 著

河北出版传媒集团

花山文艺出版社

漂 洋 过 海 来 看 你

我想给你写一页情书，告诉你

阿衡，我深爱着你，而你恰有回应。

为了此刻的幸运，我愿用一生的所有与神交换。

秦桑

就算我有喜欢的人，我也只能什么也不说地喜欢着，不会有任何实质性的行动。
我希望自己有资格的时候，再去喜欢一个人。

周衡

她看了一夜的书。而他，则看了一夜的她。

秦桑，即使遇到你就是为了与你告别，我仍然会选择与你相遇。

邹棉

如果周衡是太阳，总是散发着温暖而热烈的光芒，那么邹棉就像是月亮。他是明亮的，但却又是冷的，因为不管是外形还是内在他都很优秀，所以他也会发光，但是，他的光却是冷的。

赵如意

嗨，你知道什么是一见钟情吗？

是的。我知道。

从我第一次看到邹棉提着行李箱站在邻居家的门前那一刻开始，我就深刻地知道。

图书在版编目（ＣＩＰ）数据

漂洋过海来看你 / 凌霜降著. —石家庄：花山
文艺出版社，2016.5 （2020.3重印）
ISBN 978-7-5511-2854-4

Ⅰ．①漂…Ⅱ．①凌…Ⅲ．①长篇小说－中国－
当代 Ⅳ．①I247.5

中国版本图书馆CIP数据核字(2016)第124908号

书　　名：**漂洋过海来看你**
著　　者：凌霜降

策划统筹：张采鑫
特约编辑：周丽萍
责任编辑：于怀新
责任校对：齐　欣
封面设计：刘　艳
内文设计：李雅静
美术编辑：许宝坤
出版发行：花山文艺出版社（邮政编码：050061）
　　　　　（河北省石家庄市友谊北大街330号）
销售热线：0311-88643221/29/35/26
传　　真：0311-88643225
印　　刷：三河市华东印刷有限公司
经　　销：新华书店
开　　本：889×1194　1/32
印　　张：9
字　　数：206千字
版　　次：2016年7月第1版
　　　　　2020年3月第2次印刷
书　　号：ISBN 978-7-5511-2854-4
定　　价：45.00元

目录
Contents

目录
Contents

目录
Contents

目录
Contents

漂 洋 过 海 来 看 你

第一章

我曾经很多很多次问过自己，你会喜欢我吗？

世界寂静，良久无回应。

然后，我在孤寂的黑夜里自己回答了自己：不会。

1

那个春天来得稍微有些迟，开学第一天，开完上个学期的期末表彰会议，大家刚刚回到教室，都有点闹哄哄的。

清晨时，下了一场细润的春雨，空气中微微带着凉意，窗外树木的叶子润碧清透，秦桑难得看着窗外，发了一小会儿的呆。

"秦桑在吗？"春雨般清润温厚的声音在教室门前响起，秦桑还没回过头去，那声音便似带着难以言明的魔力般撞进了她的心里。

她只觉得自己的心脏扑通扑通地乱跳着，血液里似有千军万马在奔腾，差点儿令她无法呼吸地奔腾着。

有一个声音在脑海深处叫嚣：他来了！他来了！他来了！

周衡眉目都带着笑意，似开玩笑，又似在做什么了不得的正经事，兴师动众地在三班教室门口喊："秦桑！谁是秦桑？我是周衡，这次考试的第一名黑马秦桑同学，出来认识认识呗。"

秦桑坐在位子上，不敢动。

她的手指紧紧地抓住一本书，几乎要把它捏碎。

她的心里仍在狂喊："他来了！他来了！他来了！"似狂风掀起了海潮，可她的身体一动不敢动，似乎自己一动，这是一个梦，便会片片碎裂。

因为，只有她自己知道，这个第一名，她考得有多么不容易。

她上不起补习班，只能上课加倍地认真，反复地做题目，一道题目用很多种方法做很多次。她甚至已经开始背厚重的《牛津英语词典》。

除了睡觉的时间，她全在用功。

她的后脑悄悄地长出了几根灰白的发丝，她觉得自己的眼睛没有近视真是一种奇迹。

而这样努力，所为的不过是要创造今天，她只想让那个叫周衡的阳光少年知道，有一个可以与他并驾齐驱的少女叫秦桑。

他果然来了。

可，秦桑却不敢动了。

"啊，是你呀。看不出来呀，你还挺厉害。甩我七分呢。不错。祝贺你！"周衡终于还是越过人群找到了她，用那一双明净的眼眸看向女生。

众目睽睽之下，周衡向秦桑伸出了手，对有些惊慌的少女说祝贺，他的笑容似秋日阳光般明亮。

周衡的手指白皙而修长，皮肤细润，那是一双会打篮球也会弹钢琴的手。

秦桑只觉得心跳得更快，似失了节奏的鼓点，要乱了。

她犹豫了好一会儿，才伸出了手与他轻轻地握了一下。

秦桑伸出自己的手的时候，在心里默念着："右手！右手！伸右手！"

不知道是不是因为太紧张，她最后伸出的，居然是左手。令她难堪的是，她的手掌不但带着些说明了出身的细茧，她左手的小指，天生就缺一小截。

别人的小指都有三节手指，而她，只有两节。仿佛它长着长着，就任性地戛然而止了。

2

把手从周衡的手上拿开时，秦桑想死的心都有了。所幸，周衡似并没有注意到她的手，他用他那双仿佛带着太阳光芒般的眼睛，看着秦桑那双清亮动人却又带着闪躲的眼睛，说："好，我记住你了。下次考试我会认真对待的。"

秦桑松了一口气，为他并没有注意到自己的残指。但很快又紧张起来，这第一名，她拼尽了全力，才赢了他七分，他却仍没有认真对待吗？

上课之前，秦桑还听到有几个女生悄声地说着他：

"周衡好帅气。"

"嗯，笑起来特别好看。"

"个子也很高，应该有一百八十公分了吧。"

"和这样的男生在一起，一定好有安全感。"

"轮得到你？我们学校喜欢他的女生没有全部也有一半吧？"

"唉……"

那个女生的那一声叹息，带着春意的微凉，嗖地渗入秦桑的心里，她怔了怔，想，是呀，和他在一起那样的事，她连想，都不敢去想。

放晚学是七点半，天已经黑了，秦桑心里思量着今天的作业，低头快步地往姑母家里走。她完全没有察觉，身后不远处，有一个高高瘦瘦的少年不远不近地走在她的身后。

在住校与走读之间，秦桑无奈选择的是走读。其实也轮不到她来选，父亲患病，母亲独自种桑养蚕维持一家生计。

她考上了省城里的九中，姑母仁慈愿意供她，走读还是住校，自然由姑母说了算。

回到姑母家，秦桑先走进厨房问了一声正做饭的姑母要不要帮忙。姑母说不用，她又说了一声那一会儿我刷碗，说完之后，她才上楼做作业。

秦桑上楼的声音很轻。作为一个寄人篱下受姑母恩惠的孩子，她懂事、乖巧，甚至带着一种小心翼翼的讨好。秦桑自己知道，她想，姑母一家，也看得出来吧。

姑母家是那种自己盖的房子，就在这座城市最繁华的城中村里，一楼二楼出租出去了。三楼是姑父姑母的卧室与客厅餐厅，秦桑与表妹赵如意住四楼。五楼住的是表哥赵吉祥。五楼上的楼顶天台，被姑父做成了一个空中花园，但种的也不是什么花，而是姑母的青菜葱蒜。

姑母姑父都是这城市里的农民，是城市扩张的受惠者也是受害者。原来的土地被征用，姑父再做不成农民了，便拿着钱去做生意。生意做好了，人心也变了。

秦桑知道姑母一心操持家庭，但是却未必得姑父的心。姑父在外面有房子，十天半月不回来一次。姑母除了给孩子们做饭，便再无其他事情可做。她每日在麻将桌上待着，任由时光给她的容貌添上了皱纹，谁都看得出她的内心苦寂焦炽，却又无可奈何。

秦桑写了一半作业后，便听到赵吉祥在楼下喊："秦桑，快下来吃饭！顺便把你写好的作业拿下来！"秦桑应了一声，犹豫了一秒，还是把手边写好的作业都整理好拿着下楼去了。

赵吉祥和赵如意是双胞兄妹，比秦桑大四个月。赵吉祥成绩不好，人又爱玩，过去这一年多的作业从来都是抄秦桑的，而且每次都这样光明正大，姑母不说，秦桑只不过是寄居者，自然也不能说什么。

可赵吉祥从她手里拿走作业本的时候，秦桑还是没忍住说了一句："哥，总是抄，考试的时候会写不出来的。"

3

赵吉祥很无所谓："反正我妈也没指望我能考个清华北大什么的，你和我妹考不就行了？"

"我考上也是我的，难道是你的？"正在摆碗筷的赵如意哼了一声说她哥。

赵如意长得比较胖，皮肤也不太好，脸上长了很多青春痘，刻意用长刘海掩饰着。大概是自卑的缘故吧，平时她不怎么说话。她和秦桑的关系，不算坏，但也不算好。

刷完碗之后，秦桑没有直接回房做作业，而是拿英语磁带到天台小花园里背英语。她和赵如意一起住四楼，她不好意思当着赵如意的面读英语，她会紧张。

秦桑在小花园的碎石路上来来回回地走着，嘴里跟着耳机一句一句地背着书。楼下是人声鼎沸的夜市，从远处马路上偶尔转过来的汽车喧嚣，仿佛被她完全隔绝在自己的世界之外。

城市的霓虹隐约地照亮了她的脸，丹凤眼半敛着，浓密的眼睫似染上了七彩的光。

隔壁与赵家紧紧相邻的邻居家顶楼的一根大柱子后面，一个少年让自己隐藏在阴影之中。

他安静地背倚在墙边，一双在黑夜里清明的眸子，紧紧地追随着离他只有三四米，但是却隔了两幢房子甚至是两个世界的女孩。

他的心，随着她背书的声音轻轻跳动着，听着她的声音，他觉得这世界温柔又美好，恨不得时间在此刻停滞永远不再向前。

"小棉！小棉！"只可惜，楼下隐约传来了姐姐叫他的声音。他直起身体，眼睛仍然看着那个正背英语的女孩，幸好，她仍然没有发现他。他悄然钻进了楼道的门快步向下："姐，我在这里。"

秦桑仍在背她的英语，对隔壁天台上发生的小动静浑然不知。

秦桑回到房间的时候，赵如意已经在她房间里了，隔着门只说了一句："我妈说舅妈今天给你捎了东西，刚才你不在我放你桌子上了！"

"好。谢谢你。"秦桑很诚恳地说了谢谢，但赵如意的房间里再也没有传出声音。倒是楼下，似传来了姑母姑父争吵的声音。

秦桑走到窗户边往楼下看了一眼，果然看到了姑父的车。

楼下吵架的声音一直持续着，后来大概还动了手，有东西被砸碎的声音。

秦桑的心动了好几次，还是没有动身下去劝。

对于父母亲的吵架，赵如意兄妹一向是听而任之。

秦桑劝过几次，但到底她是姑母的娘家小辈，非但劝不好，还令姑父对姑母更不满。而且姑母似乎也并不想让太多的人知道姑父在外面有人的事。

这一夜，秦桑睡得并不安生。早上起得很早，天刚蒙蒙地亮，她便出门要上学了。

刚打开门的时候，便看到姑父的车缓缓经过，副驾驶座上，坐着一个年轻的女子。那女子的脸，即使在这样微弱的晨光中，仍美得十分惊人。

秦桑愣了一秒，仿佛怕被人发现那般，赶紧低下了头。

幸好，车里的人并没有发现她，秦桑看车消失在街角后，这才迈开脚步向公交站走去。

秦桑走远后，邻居家的门被人轻轻打开，一个神色冷然的少年背着书包走了出来，他的眼睛盯着秦桑的背影看了一眼，似有若无地叹了一口气。

4

"吱呀"一声，赵家的门也打开了，胖乎乎的赵如意背着书包也走了出来。

看到邻居门前的少年，赵如意心如鼓擂，狠狠地吸了一口气，想说一声早安。少年却似没发现她一般，快步走向了巷口。

赵如意一直屏着的气息终于吐了出来，也分不清是终于松了一口气，还是再次失望至极。

午饭的时候，秦桑只在食堂买了两个白馒头，便拿着书去了行知园的小石桌上吃饭。佐馒头的，是昨天母亲捎来的桑葚果酱。

秦桑的母亲在乡下种桑养蚕，桑葚结得多时，母亲便会做成桑葚果酱。

果酱味道酸甜，秦桑很喜欢。有时候为了省下打饭的时间与金钱，她用母亲做的桑葚果酱抹上馒头做午餐，两个馒头就可以吃得很饱。

但这样就着桑葚果酱吃馒头的举动，秦桑也不敢在太多人的地方做，有时候是在无人的教室里，有时候则是在这僻静的行知园里。

手上的书是从图书馆借来的。大约是书非借不能看，秦桑看书的样子，总有点贪婪，没一会儿就看得入了神，都忘记了手里馒头配果酱是什么滋味。

周衡其实只是路过，他从来不是那种死读书的好学生，午餐过后，自然是玩乐时间。

他本想穿过行知园去球场，却忽然发现那边的凌霄花架下的小石桌边，坐着秦桑。

她的脸明净秀气，盯着书本的神情专注，另一只手还拿着半只馒头在咬，一口下去，白皙的腮帮子鼓起小小的一个半圆，配上那认真入神的表情，不由得让他觉得心神一动。

秦桑发现旁边站着周衡的时候，浑然不知他已经在那儿站了多久了。

他穿一件浅白色的 T 恤，配一条卡其灰的长裤，手上拎着一只装在网兜里的篮球。

有风从行知园的拱门吹过来，微微掀动了他的衣角，也微微晃动了网兜里的篮球。

眼前的美丽少年，那眼神深不可测。

秦桑一手拿着书，一手拿着还剩下一口的果酱馒头，一时，竟不知道如何是好。

周衡发现秦桑终于看到了自己，他露出一个笑容，似月光拨开云朵，似天边微露晨曦，那般动人心弦。

他忽然伸出一只手指，抹了秦桑放在桌面上的果酱瓶口上的一滴果酱，放入了嘴里，很认真地尝了尝。

然后，秦桑听到他爽朗好听的声音说："咦，味道不错。这是什么酱？"他声音真好听呀，像阳光洒落湖面，似春雨润泽万物。

"这是我母亲给我做的桑葚果酱。"因为紧张与尴尬，秦桑的回答细若蚊蚋，她不知道周衡有没有听到。因为周衡没再说什么，而她也没有再开口。

秦桑低头继续看书，而周衡转身走了开去。

周衡的身影走远之后，秦桑轻轻地抬手抚了抚自己狂乱跳动着的胸口，待平静过来后，这才真正继续认真地看书。

这一年多来，她听过很多女生议论周衡在运动场上的帅气英姿，但她一次也没有去看过。

因为她知道自己是一粒出身低微的种子，她要抓紧所有的时间努力地吸取养分，她想成为一棵树，守静、向光、安然，每一天，都在隐秘地成长。

直到，能与那个风姿卓绝的少年并肩而立。

如果到了那一天，他会喜欢她吗？也许不会。

但是，秦桑会觉得，自己终于有了喜欢他的资格。

5

这天晚餐前，赵吉祥刚接过秦桑递过去的作业，姑母忽然发了脾气，差点儿就把秦桑的作业本给撕了。秦桑吓了一跳，安静地站在角落里，没敢说话。

姑母的火气特别大，对向来疼爱的赵吉祥破口大骂，说他不长进，像他爹一样丢人。

赵吉祥平时都是被姑母惯着的主儿，母亲忽然给他来了这么一出，他哪里受得了，没几句就顶撞起来。

赵吉祥一顶撞，姑母就更生气了，拿起扫把就往赵吉祥身上打。

赵吉祥倔，不跑也不躲，赵如意和秦桑只好过去拦。这一拦，姑母的怒火就落在秦桑和赵如意身上了，一人被打了几下不说，还被骂了一顿。

姑母骂赵如意闷葫芦，怎么疼爱她都没反应。骂秦桑光顾着自己成绩好，也不帮着哥哥姐姐。

待姑母骂累了安静下来的时候，已经是晚上九点多了。

秦桑虽然心里难受，但到底没怪姑母，想大约姑母这次发火，与她今天早上看到坐在姑父车里的那个年轻女子有关。

那个女孩子，秦桑是见过的，是隔壁邻居家的租户。

只是秦桑有些想不透，姑父挑什么人不好，怎么往住得这么近的地方找，万一姑母知道她就住在隔壁……

秦桑从房间里出来要上天台背书的时候，看到赵如意房间的门开着，赵如意趴在床上，正在哭。秦桑想了想，站在门边说了一句："姑母大概只是心情不好，你别哭了。"

"不要你管！"赵如意腾地跑过来当着秦桑的面把门甩上，扬起的风烈得似要给秦桑一记耳光一般。

秦桑愣了一下，勉强给自己扯出一个笑容，继续上楼背书去了。

刚上五楼就听到赵吉祥的声音从房间里传出来："秦桑，先别上楼。下去把你的作业拿上来给我，我只用一个小时。你背完书我就还给你。"

"可是刚才姑母说……"秦桑很为难。

"我妈也就是说说。我多少斤两她还不知道？快点快点！别让我明天交不上作业。"赵吉祥的脑袋出现在门口，一脸笑嘻嘻，"要不我自己下去拿？"

"我去给你拿吧。"秦桑只好转身下楼。

"谢谢表妹。你零用钱够不够，要不要我给你点？"赵吉祥长得比较像姑父，属于高高大大很壮实的那种体形。赵家的人看起来都壮实又健康。

"我够用。"秦桑轻声回答。其实，她根本就没有什么零用钱，只是她也用不着什么零用钱就是了。

秦桑打开天台的门的时候，似乎听到隔壁天台上传来了一点声响，她看了一眼，隔壁天台并没有人。想着今晚姑母发脾气耽误了时间，得抓紧时间背书，便也没多在意，一如既往认真地戴上耳机背起了英语。

隔壁天台里，小假山后面的大柱子阴影处，一个安静屏息、长久倚墙而立的高瘦少年轻轻地站直了身体，一闪身走进了楼道里。

她还是上来了，还以为她今天不会出现了呢。少年走下楼梯，昏黄的灯光下，他的嘴角似有笑意。

"小棉，你又跑楼顶上去了？"楼下走上来一个女子，不甚明亮的灯光下，她的脸精致动人，美得与周围的环境格格不入。

6

"我已经做好饭了。"邹棉看了一眼姐姐手里提的外卖袋子，好看的眉淡淡地锁了一下，然后看向姐姐手上提着的那个新包装袋。

昨天姐姐坐着老赵的车去上班的事情，他知道。他只是不知道要如何同她讲，他不喜欢她这样做。

"是呀，我们小棉都会自己做饭了。"邹欢伸出手想像以前一样摸弟弟的头揉乱他的头发，然后忽然发现，邹棉已经比她高大半个头了。

"是呀，你都比姐姐高了呢。"

"嗯。"邹棉应了一声，手很自然地接过了姐姐手里提的东西，"又给我买衣服了吗？我的衣服够穿。"

"不是又长高了吗，当然需要新衣服。"邹欢看着弟弟笑，每当看到他一本正经懂事的样子，她心里都像被人揪了一把般痛。

"校服够换了，也穿不着。"邹棉声音闷闷的。妈妈去世后的这四年来，大概只有他知道，只比他大六岁的姐姐是用怎样的意志与艰辛，一步一步地领着他走过来的。他不希望她太辛苦，但他从来都知道现实有多么残酷。

"光穿校服怎么行？毕竟我弟弟这么帅，当然要穿好一点的衣服。"邹欢笑着，甩开高跟鞋去洗澡。

邹棉默默放下手里的袋子，把小小的餐桌整理好准备吃晚饭。

姐姐不管在外面发生了什么，都会尽量赶回来和他一起吃晚饭，不管她在外面受了什么委屈，回来给他的从来都是笑脸，她紧紧记着妈妈去世时拜托她的事情，照顾好弟弟。

邹棉很感激，也很内疚。

毕竟他是一个男人，姐姐也需要他的保护，而偏偏，他现在力量甚微。

"怎么了，一脸若有所思？"邹欢洗完澡坐在餐桌边拿起筷子开吃。

"是有喜欢的女生了吗？"她调侃弟弟。

"你呢，你有男朋友了吗？"邹棉没有如以往被调侃那般对着姐姐露出笑容，反而淡淡地认真地回问了一句。

"没有呢。"邹棉看着弟弟认真的表情，尽量放轻松自己的表情回答他，"还没有呢，我带着你这个大拖油瓶怎么嫁人呀，还是以后再说吧。以后我要是成了剩女，你要记得补偿我哦。"

"嗯，会让鹿晗来娶你的。"邹棉看穿了姐姐笑容下的疲惫，随即露出了与以往无异的微笑。姐姐既然不想他担心，他自然也不应该让姐姐觉得他有压力。

"哇，鹿晗呀。可是我最近喜欢上了吴亦凡怎么办？"

"嗯，那就让吴亦凡来娶你。"

"哇，想想都觉得好幸福呢。"

"以后会更幸福的。"

"谢谢你呀小棉。"

"不客气。"

姐弟俩有一句没一句地开着玩笑，把这城市的纸醉金迷远远地隔绝在这小小的餐桌之外。

7

城市的另一边，老租界最昂贵的住宅区里，不大不小的前院里，蔷薇月季与玫瑰们寻着了春意猛然抽枝拔叶，为这小院里带来了别样的清新。

二楼窗户的灯光暖暖地闪耀在安静的夜空中，灯光下正在看书的少年，两条长腿随意地搁在书桌上，翻完最后一页，他随手把书放在书桌上，是一本英文版的《简·爱》。

书真的好长，他仰头倒回床上闭上了眼睛。

作为一个喜欢理科的男孩子，他向来不怎么看这些文学小说，只不过今天下午看她在凌霄花架下看得入迷，便也在书架上找了来看。

那个叫秦桑的女孩子，并不觉得她多漂亮多迷人，只是却总能把她与其他女孩区分开来，觉得她很特别。至于哪里特别，他仔细地想了想，没觉得哪里特别。也许是她那双眼睛，是大丹凤眼，眸子漆黑，却带着清亮得不可思议的波光。

嗯，挺好看的。

周衡就这么想着，在思绪里进入了梦乡，半夜迷糊地爬上床的时候，好像做了一个与她有关的梦。

早上醒来之前的那个梦，特别清晰。梦中一片宁静的海，有个少女踏波而来，月光让她的肌肤似玉般光洁晶莹，那一双丹凤眼里波光幽深，比她脚下的海更宁静动人。

周衡梦醒的时候，睁着眼睛在床上愣了一秒，确定那只是一个梦之后，嘴角不由自主地慢慢地扬起：她竟一整晚都入了他的梦。

要上学的时候，周衡在门口遇到了刚散步回来的周先生与钟小姐。

周先生穿一件灰色的大衣，灰白的头发还是一如既往地剪成了精致的板寸，让他看起来很精神。而钟小姐穿着她一年四季都不会舍弃的旗袍，头发是染过的，漆黑光亮，配上她最喜欢的艳丽口红，看起来精神极了，根本不像是已经六十岁的老太太。

"周先生早上好！钟小姐今天早上真漂亮！"周衡咧开嘴露出灿烂的笑容，对祖母说着甜言蜜语，他觉得心情很好。每一次看到周先生和钟小姐这样安度了一生的美好眷侣的时候，他都会觉得心情很好。

"今天出门有点儿迟了呢。"周先生看了一眼表，慈爱地看着自己这个出色的孙子。他出身于木匠世家，一辈子就懂得摆弄木头。

在遇到钟小姐之前，他只不过是一个只会做家具的木匠，遇到钟小姐之后，他变成了最好的古典家具大师，有了自己的企业，有了周楠那样优秀的接班人，有了周榕那样优秀的儿子，更有了周衡这样出色的孙子。

钟小姐不但给了他爱情，还给了他完满的一生。

想到这些，周先生不禁又看了旁边的妻子一眼，在他眼里，她仍如他第一次见到她的时候那样美。

"确实，我们钟小姐今天特别漂亮。"

"祖孙俩没话说了拿我开玩笑吗？"钟小姐嘴上说着丈夫与孙子，笑容却开怀幸福，伸手给孙子整了整衣领，"快走吧，别迟到了，路上骑车小心。"

"好。"周衡应着，正要走又停下说了一句，"今天你们如果去购物，能不能帮我买一瓶桑葚果酱？"

"知道了，去吧。"夫妇俩答应着，双双朝孙子挥手。

周衡骑着山地车在被春意点绿的城市里穿行的时候，嘴角含着一抹微笑，早上的梦让他心情很好，几乎有些迫不及待地想再见到那个不是美得不可或缺却入了他的梦的女孩子。

8

午餐的时候，周衡又去了行知园，但是那凌霄花架下的小石桌上却空无一人，周衡愣了半秒，似忽然想起自己为何要来这里那般，抱着球去了球场。

周衡在球场上奔跑弹跳的时候，秦桑安静地坐在图书馆里，在复习早上学过的功课。

她不是特别聪明，功课之所以好，靠的就是比别人付出更多的努力。

幸好，上苍有见，她付出的努力，能以她所期望的方式，一点一点地给予了她丰厚的回报。过去一年多来的日日夜夜，她就像一只蜗牛一样努力地向前爬呀爬呀，不是不累，只是知道如果要靠近他，就必须永远不放弃地努力。

她如愿了。

在这个美丽的春天。他出现在他的面前，他知道了她的名字。

他还与她握了手。

虽然，他握的是她的左手。

想到这个，秦桑不由自主地慢慢握紧了自己的左手，握成了拳头，就没有谁能够看得见她缺失的那一截指尖了。

秦桑刚刚把心神拉回课本上，一旁坐在窗边的一个女生忽然低声说了句："呀，周衡和邹棉在球场上！他们要比赛吗？"

她这话一出，好几个女生都听到了，一下围到了窗户边：

"真的吗？"

"哎呀，真的是！"

"我们下去看吧！"

"当然要去看！我们高二最出色的两个男生都在球场上，多么难得的机会！"

"秦桑，你去不去？"有女生叫了她一声。

"我不去。谢谢。"秦桑露出一个很浅的微笑，淡淡地拒绝。

她的心在激烈地跳动，她想去看。她曾经有一次经过球场时看过他的英姿，那样活泼帅气的男生，笑容像淬了阳光一般夺目。

但她不能去，她告诫自己。现在不能去。如果仅仅只是为了看他一眼，那么，也只能看这两三年。如果想有一直看他的资格，那么，就得收回目光默默努力。

妈妈说，人生从来就不是公平的，只有神才公平。你想要什么，就通过自己的努力向神索取，如果神没有给你，那就一定是你还不够努力。

秦桑觉得妈妈说得很对。

妈妈就是那样的人，她瘦小，却极坚韧。父亲病后，她自己撑起了家，抚养两个孩子，从来没有抱怨过一声苦，从一开始的家徒四壁，到现在慢慢地付得起学费，一切都在一点一点地变好。

秦桑也想那样做。从现在的不敢靠近他，一点一点地努力，去争取一个能够与优秀的他并肩的资格。

是的，很艰难。但那又怎样呢？她的身体里奔腾着的，都是想要靠近他的血液。

爱不可压抑，但如果没有未来，那又叫什么爱？

9

球场上,周衡与邹棉真的开赛了。

秦桑在三班,周衡在二班,邹棉则在一班。

如果说周衡在学校里成绩好长得好家世好算是众星捧月的话,那邹棉就是那种冷漠神秘的男生。他很少与其他同学交往,不管做什么都独来独往,但是成绩很好,虽然没有像周衡一样拿第一,但总在年级前十里。

学校的老师私下都说,周衡与邹棉,还有秦桑三个孩子是本校近二十年来最优秀的学生。三个人不但成绩好,人品性情也可圈可点,好好培养,前途肯定不可限量。

学校里的女生们,自然是喜欢周衡的更多,因为他个性开朗阳光帅气,很少给人冷脸。但喜欢邹棉的也不少。

邹棉那张脸美得有点阴柔,但他的个性很冷漠,女生找他说话,大多都不怎么得到回应。当然,这并不妨碍他受欢迎,毕竟看颜值的少女世界里,想要忽略像邹棉那样俊美的脸真不太不容易。

秦桑与邹棉,算是能经常见面。毕竟就住在隔壁,上学放学时,总能偶尔遇到。

但两人都没有说过话,连招呼也不打。秦桑本就不是开朗热情的性格,而邹棉,似乎也将沉默冷漠当成了他的标签。

秦桑记得邹棉搬到隔壁一年多了,大概也是为了上学近才搬来的。

秦桑也是读了高中才开始寄居在姑母家,以前她在乡下县城的初中里读寄宿,为了有好成绩,她更多的心思都用在功课上,现在更甚。

秦桑不是特别喜欢邹棉那样的男生,长得特别好,却特别冷漠疏离,不够温暖。不似周衡。周衡就似一个发光体,自带暖光的那种,不用与他交往,甚至不用与他说话，看到他，就觉得整个世界都是温暖美好的。

想到这里，秦桑不由自主地伸手摸了摸自己有些发烫的脸，顺手拍了一下，在心里对自己说：看书。别乱想。

整个中午就在复习功课中过去了，下午上课之前，教室里的女生有点骚乱，似在说什么人打架了，她们还提到了周衡的名字。秦桑愣了一下，似警觉的小兽竖起了耳朵。

"赵吉祥好粗鲁！人家邹棉又不和他比，他硬要加入的，结果老是想绊倒邹棉！"

"他那种人，一看就是长得好粗鲁的那种啦！我都看到了，邹棉一直在忍着他，他还一直逼邹棉和他打架！"

"仗着学过几天功夫就欺负人！你没看到他专门往邹棉的脸上打吗？没想到男生也这么小气妒忌！"

"要不是周衡拉着，他肯定把邹棉打伤了！好过分！"

"这样的人真希望学校把他开除！"

……

秦桑用力地咬了咬下嘴唇，还是没忍住，放下书悄悄地走出教室走向了二班。

10

那个高高的少年的侧影就站在窗边，午间的阳光衬得他如若神袛，秦桑只远远地看了一眼，便觉得轰的一声，整个心脏似要炸开一般狂跳起来。

她赶紧移开了目光，看向赵吉祥坐的位子。赵吉祥坐在那里，头发有点散乱，眼角似乌青了一块，下巴好似也有伤痕，不过应该没什么事。

不知道他为什么会和邹棉打起来，那个邹棉，也不像是冲动打架的人。

赵吉祥秦桑是了解的，他虽然表面上看起来很壮实，又学过几年工夫，但是他不是轻易就打架的人。

应该有什么原因吧。会是什么原因呢？

上课音乐响起，秦桑也确认了她关心的人都没事，赶紧跑回了教室。

她的身影消失在二班的教室后门的瞬间，原本站在窗边的少年似有感应般望向早已空空如也的走廊，刚才他似乎看到了她。但是，这快上课的时间段，她大概不会出现在二班教室外面吧？

晚饭的时候，姑父竟然回家了，看到赵吉祥脸上的伤，不问情由就是一顿训斥，姑母护了几句，两人又吵了起来。

秦桑快速地扒完碗里的饭，逃跑似的回到了楼上的房间里，楼下的吵闹声愈烈。

没一会儿，便听到赵如意也上楼了，力气很大地关上门，从她房间里传来隐约的抽泣声。

楼下似乎在动手。大概赵吉祥在挨打，又似姑母姑父在打架。秦桑轻轻地叹息一声，拿了复读机上天台背英语。

有时候，秦桑很厌倦现在的这种生活，不得不寄居在姑母家，但如果拒绝，她又害怕自己读高中的费用会把母亲彻底压垮，而且姑母让她来这里读高中，完全是出于对父亲的一片姐弟之情，她若坚持拒绝，显得太冷漠无情。

但生活就是这样，处处都是困局，只要是人，就不可能全部挣脱。

今天秦桑上天台的时间比较早，听到她打开天台的门的声音时，隔壁天台上的少年还未来得及隐蔽，他红肿的额角与青紫的嘴角让他俊秀的脸看起来有点儿怪异，但无损他的俊美。

他显得有点儿慌乱，他转身走向楼梯门，却因为有一定距离以及因为慌张弄出的动静而被秦桑发现了。

邹棉低着头继续走，不想让她看见自己此刻狼狈的模样。

"那个，你没事吧？"秦桑忽然出了声，问出口后，她有点愣，惊讶于自己的主动，但随即放宽了心，从班上女生的描述来看，他们的冲突是赵吉祥的不对，那么，关心一声也是应该。

"嗯。"害羞的少年应了一声，头也没回，匆忙地消失在门后的楼梯里。

秦桑有点儿尴尬地对自己露出一个微笑，安慰自己的自作主张，然后开始一心一意地背起了单词。

秦桑身后的天台门后的转角处，脸上泪痕未干的赵如意的那双眼睛里满满地装着失落，她看了一眼身材瘦削的秦桑，再看了一眼胖得差点儿就看不到脚的自己，垂头丧气地轻轻走下楼去了。

漂 洋 过 海 来 看 你

第二章

你不是神。

但你的一个眼神，便能令我重生。

或者，毁灭。

1

终于到了下班时间，邹欢脱下高跟鞋装好往包里一塞，换上平底板鞋就往楼下跑。

为了挣钱，她除了做这一份文员工作外，还在旁边商场里找了一份兼职，每天下班后去做三个小时服务员，到九点就能下班了，也不算特别累。就是如果公司这边不能正常下班的话时间会很紧张。

"小邹这么急要去哪儿？"出门的时候，忽然被人叫住。邹欢回头一看来人，心里闪过厌倦与慌张。

那是赵大富赵总，一个又高又胖有点秃顶长着一张大圆脸的中年男人。

这样的男人邹欢见过不少，年轻时贫困，读的书也不多，青春年华在与结发妻子的艰苦度日中溜走了。终于中年发迹后，心就大了，总觉得自己不应该只是一个普通的暴发户，应该有文化有品位，应该有一个美貌年轻的娇妻，应该受人艳羡。所以断不肯守着已经容颜不再的糟糠之妻过下半辈子。

邹欢有点儿后悔了，当初为了让小棉方便上学，四处托人租九中附近的房子。她能付得起的租金又不高，赵总说他老家就是那一片儿的，邻居老伙计的房子就刚好出租，他再打个招呼，房租也很便宜。租下来后才知道，赵总根本醉翁之意不在酒，那双眼睛整天都盯着她看。

邹欢，名牌大学学生，虽然因为妈妈的突然去世要抚养小弟没能继续读下去，但她有妈妈遗传给她的外貌还有聪明的头脑，她一个人一样撑过了这四年。她一直相信，等小棉上了大学后，就会好很多。小棉毕业后，会更好。但是，总是遇到赵大富这样的人她真的有些难以招架。

"赵总你好。我有点事，要先走了。"邹欢只想马上离开，她不想因为被老板看上又再次换工作，她累了。

"别去了。"赵大富伸手拦住她，"我知道你在那边快餐店打工，别去了。你工资卡里我给你打了点钱，你回去休息吧。一个女孩这么辛苦怎么行？"

"赵总，我不需要……"

"你不需要你一个人打几份工做什么？让你跟我又不愿意，我会让你吃亏吗？"赵大富瞪眼。他知道自己读书不多，但他这回是真看上邹欢了。这姑娘虽然长得漂亮，但老实，不像外面那些花花肠子的，留在身边也放心。

赵大富这么想的时候，完全没有想过家里的妻子和孩子，还有自己的已婚身份。

"赵大富！你什么意思？"一个穿着妖艳的女人忽然从门外冲了进来，抬手就给了还没反应过来的邹欢一个耳光，"小狐狸精，敢抢老娘的男人你不想活了你？"

2

秦桑一手提着赵吉祥要吃的烤肉串另一手提着赵如意和姑母要吃的云吞面到楼下的时候，已经是夜里近十一点了。

今天是周末，赵吉祥在玩游戏，赵如意和姑母在看韩剧。

秦桑写完作业的时候想到楼下走走，赵吉祥便托她买宵夜，怕她没有钱还硬塞给她五十块。

替赵吉祥兄妹俩跑腿的事情，秦桑每个周末都在做。一开始的时候，秦桑觉得自己在有点刻意讨好，现在，那种感觉淡多了。

姑母一家虽然对她不算特别亲近，但也称不上有恶意，而且，供她上高中的学费与吃住，她只不过去跑个腿，又算得了什么？

拿出钥匙正要开门的时候,秦桑才看到邻居家门前的台阶上坐着那个女孩。

尽管路灯昏暗,秦桑还是看见了她美丽的脸上布满了眼泪。秦桑心里一凛,想起了她坐在姑父车里的侧脸,正要装作没看见般离开,但转念间又想起什么。她腾出手,轻轻地抽出一包纸巾,走过去,很轻地放在那只正狠狠地抹眼泪的手里。

自己刚来这里时,心里难受的时候,不也总挑没人的时候抹眼泪吗?如果不是真的遇到了什么难过的事情,谁愿意半夜坐在门外掉眼泪?

秦桑打开门进去的时候,尽量将所有的声音降到最低。哭泣始终是一件狼狈的事情,那位姐姐如果不是不想让人看见,也不会深夜独自坐在台阶前才掉眼泪。

虽然眼泪解决不了任何现实中的问题,但是,看到别人哭泣不去询问打扰的礼貌她还是有的。

隔壁,与哭泣的邹欢一门之隔的屋里,邹棉悄无声息地转身上楼。

时间太晚了姐姐还没有回来,他就下楼看看,没想到正好看到姐姐故意没回家坐在门外掉眼泪。他握紧了拳头,才勉强忍着不冲出去问她怎么了是谁欺负了她的冲动。他知道,如果他问,就会像过去每一次一样,让姐姐觉得更难过,也让姐姐更担心他,甚至会为了让他开心点忍耐更多不开心的事情。

站在门里忍耐着不去安慰姐姐的邹棉的心是碎裂的,他无法形容那样的疼痛,却又无处可恨,直到他看到秦桑沉默地走过来,递给了姐姐纸巾之后悄悄地离开,他痛极的心才慢慢平静下来。

那个女孩,她果然,与任何人都不一样。

"小棉，你睡了吗？"一个小时之后，邹欢轻轻打开家门，轻轻地问了一句。她狠狠哭过的眼睛还是红的，真不想被小棉看到。

邹棉也知道这一点，他闭上眼睛，没有出声。

这一夜，邹棉失眠了，脑海里总响起她轻轻背英文的声音，眼前总闪过她有些单薄却散发着一股倔强的侧影和背影。

是的，他不怎么敢正面出现在她的面前，所以，在他的记忆里，她的样子总是背影或者侧影。但即使如此，也已经足够在他的心里留下了很深的痕迹。

3

周一早上，穿着一件浅蓝色薄毛衣的周衡一脸愉快地坐在餐桌前，打开一瓶桑葚果酱往面包片上抹，最近他忽然喜欢上了这种吃法。

只是，这桑葚果酱的味道比起她那瓶来好像真的差了些什么。嗯，味道真的差很多，下回见她的时候，观察一下那瓶子的包装，看看是什么牌子的。

周衡吃着面包，愉快地做了这个决定。

出门的时候，又遇到了刚刚散步买菜回来的周先生和钟小姐，周衡有点赶时间，给了他们一个飞吻就骑着自行车走了。

飒爽的高个儿少年飞快骑着自行车的身影消失在街道的尽头，晚春四处可见的淡红浓绿都透着愉快的气息。

"这孩子，最近是不是太开朗了？"钟小姐轻轻地挑了一下她描画得极精致的眉。

"大概是遇到自己喜欢的女孩了吧。我刚认识你的时候，也觉得每天都是最好的时光。"周先生轻笑一声，想起少年时的自己，与如今的孙儿当真如出一辙。

"那时不是有你的青梅竹马吗？"钟小姐笑着说起当年，话里透着醋意，笑容却恬淡。

"她只是妹妹，你才是最好的人。"周先生亦不避忌，这样多年过去，他早就知道妻子的心意。

正愉快地在上学途中的周衡，一心只想着今天到了学校去找秦桑问问她吃的果酱的牌子，然后呢，然后还有一场英文演讲，听说她也会参加，那么，就在休息的时候问她应该可行？

周衡只觉得浑身都充满了劲儿，好像以前上学的时候，都没有这样愉快过。

他身边有不少完美爱情的版本，比如像祖父祖母这样恩爱一生的，也有像父母那样嫌他这儿子是婚姻第三者所以把他丢给祖父母后全球各处走出双入对的，还有二叔和二婶那种从来相敬如宾的。

周衡以前，包括现在，都没怎么考虑过会喜欢上谁这件事情，他只觉得生活有不少事情要做，比如喜欢打篮球也喜欢踢足球，然后还喜欢玩电脑游戏，还喜欢看机械和模型，喜欢遥控飞行器，喜欢化学与物理。

他的成长时光里充满了各种各样的事情，当然也有女孩们递过来的情书，他只觉得有点小自豪有点小可笑，从来不觉得心动。

对，从来没有哪个女孩让他觉得心动。

如果真的有，那就是那个坐在凌霄花架下看书看得忘记了吃饭的女孩子。

如果真的有，那就是那个莫名其妙地出现在他梦里让他清晰地记忆了好多天的女孩子。

如果真的有，那就只能是那个一声不吭就考了第一的女孩子。

嗯，她叫秦桑。好似很普通，但却又很特别的名字。

"周衡！"刚刚在车棚里停好车，一个女孩便跑了过来，手里扬着两张票，"英国交响乐团全球巡演音乐会的贵宾票！这个周六哦！一起去吧！"

她是朱米婀，向周衡表白三次被拒绝后依然执着进攻的朱家大小姐。

4

"呃，那个，我不是太喜欢交响乐。"周衡依然礼貌地拒绝，"不如你找别人吧。音乐社有很多喜欢交响乐的同学。"其实他不排斥交响乐，只是，不想和她在一起听音乐而已。

"喂，周衡！"朱米婀强忍着内心的怒火，勉强地保持了脸上开朗的笑容，"能告诉我为什么总是拒绝我吗？"

"这个……"周衡在心里直叹气，这就是我拒绝你的原因呀，拒绝了一次还来一次谁受得了。"我们是高中生。我希望自己能有一个好一点的高考成绩。而且，我现在没有和女孩约会的打算。"他说得很明白了吧？

"只是先做朋友也不行吗？"朱米婀仍不想放弃。

"我们不是朋友，只是校友。"周衡觉得自己的头都要大了，赶紧加快脚步离开。

刚巧看到秦桑经过，他大声喊着她的名字跑了过去："嗨，秦桑！稍等一下，上周的化学竞赛题目中有一个问题我想和你讨论一下！"

正沉默低头走路的女孩似被吓了一下，忽然抬起的小脸在清晨的阳光里闪过一丝茫然与惊慌，好一会儿，才"嗯"了一声。叫住她的周衡笑容却更盛，似将阳光全聚于他的脸上一般："我跟你说，那天卷 3 的第三道辨析题目真的有问题……"

高高的少年认真地讲着，瘦削的少女也认真地思考着，有声声清脆的鸟鸣和进了校园的清晨里。

邹棉在校道边的一棵树下，看着少女与少年轻声说着话的背影并肩远去，默默地站了好一会儿，才快步走去教室。

这一天，周衡一共在秦桑面前出现了三次。

第一次，是早晨的时候要和她讨论上周化学竞赛试卷里的题目，她有点紧张，回教室上课时迟到了几分钟。

第二次，午饭的时候，她又独自在教室里啃馒头配妈妈做的桑葚果酱，吃着吃着，周衡忽然出现在教室门口叫她的名字。

她吓得噎住了，好半天都瞪着他说不出话，脑子里一片空白，直到他离开之后，才发现她竟然紧张得差点儿把自己憋死。

他好像问的是：你的果酱是什么牌子的？

她不记得她回答了没有。应该回答了吧。

没有牌子，我妈妈自己做的。然后秦桑因为那个装果酱的旧玻璃瓶子自己窘迫了好一会儿。

她的身边，从来就没有什么高档的东西，连装果酱的瓶子，也是妈妈收集的饮料瓶。妈妈总是好心地维护她的少女心，瓶子都是玻璃的，去掉了原包装，仔细地洗了一次又一次，开水消毒后装进做好的果酱，小心翼翼地用麻绳与牛皮纸堵住瓶口，看起来质朴又好看。虽然，没有牌子。

第三次，放晚学时，刚出校门口，路灯渐次亮起，秦桑喜欢这样的时刻，光永远是美好的东西，照亮所有，哪怕是黑夜来临，也不至于害怕。

"秦桑再见！"一个少年骑着自行车飞快地从她身边经过，爽朗的声音飞快地响起再飞快地隐没在城市的傍晚里。

秦桑看着远去的少年背影，好一会儿，才会现自己的浅笑因为紧张，凝结在了脸上。

5

秦桑回到姑母家，还没上楼，就被一个突然扔到楼梯上的碗吓了一跳，随即，姑母因为愤怒而显得特别尖厉的声音传来了："赵大富你倒是给我长进了？你在外面有人我不管你，你还让人闹到我这里来了？你有没有良心？你不要脸我还要脸呢！那个贱人说你又看上个小狐狸精了！你倒是说说，你看上谁了？不是爱得死去活来在外面买了房子给她住吗？这还没两年呢你就忍不住了？你的真爱都是狗屁吗？对，我说错了！你这个人就是狗屁，你做的事情当然也是狗屁！"

"够了！闭嘴！"姑父的声音也极度愤怒，似乎还有其他声响。秦桑犹豫着，是应该现在走上楼去，还是等楼上的声响消停了再上楼。

"秦桑干吗不上楼？"放学后一般都会去打一场球才回家的赵吉祥，一手提着书包篮球一手啃着个汉堡出现在秦桑身后。

听到楼上依然在砸东西吵架的声音后，赵吉祥嘿嘿笑了一声，忽然把手里的半个汉堡扔进一旁的垃圾箱里："上面在吵架，大概也没人做饭，走！表哥带你去吃好吃的！把书包给我，我拿上楼去顺便叫如意下来！"

秦桑怎么也没有想到，今天会第四次遇到周衡。

那家餐厅，只要一看店门都知道一定会很贵，秦桑想建议换一家，可赵吉祥说，既然父母在家吵架，那孩子们就应该在外面花他们的钱吃好的，不怕它贵，就怕它不够贵，不然家里那些光顾吵架的人都不知道厉害。

赵吉祥的歪理把秦桑逗笑了，赵如意没笑。赵如意一直不是太开心，不开心的时候她就喜欢吃，所以，她的体形已经无法控制地横向发展了。

赵吉祥点菜的时候，秦桑打量了一下这间装修幽雅的主题餐厅，就发现了不远处的一个桌子上，坐了一对气质特别的老夫妇和周衡。他们正小声地聊着什么，周衡很愉快地在笑，桌面上有一个小小的蛋糕，大概是谁的生日。

会是他的生日吗？秦桑心里愣了一下，更收不住自己的眼睛了。不，不是他的生日，应该是那位老夫人的生日，因为她看到周衡正拿出一个小小的礼物盒子送给了她。那位夫人打开礼物之后，一脸的欣喜，旁边那位老先生一脸微笑，很宠爱地看着老太太。

真美好。像画，像电影，像书里描述的幸福的情景。

那是他的家人吧？真好。难怪，他会是那样美好的一个人。

这样想着，秦桑的脸上便含了笑，赵吉祥看到这个向来安静少语的表妹脸上有了微笑，便对自己妹妹说："赵如意你别不高兴了，你哥我好不容易请你们吃次饭，你还板着脸做什么？看人家秦桑都笑了。"

赵如意看了一眼秦桑，心里想起那晚秦桑居然在天台上和那个人说了话，就更笑不出来了。

6

菜上来后，赵如意埋头苦吃，吃得很快，秦桑看她差点儿噎着，就给她倒水。

赵吉祥看自己的妹妹脾气坏长得还胖，没忍住说了她一句："喂，赵如意你就不能慢点吃呀，你看你都吃成猪了！都快有老妈胖了吧？你看人家秦桑，这样瘦瘦高高的才像个少女呀，你看你的身材，跟个大妈似的！"

赵吉祥虽然怀着一片好心，但这家伙从来能把好心做成坏事，他这么说，一直就因为自己的外貌自卑的赵如意能受得了才怪。

但他嘴太快，秦桑想阻止已经来不及了，只见赵如意接过秦桑刚递过来的水，也没喝一扬手就泼到了赵吉祥脸上，赵吉祥愣了好一会儿才清醒过来："赵如意你疯了？！"

"我就疯了怎么了？"赵如意猛地站起来离开，走的时候还挤了秦桑一下，"让开！"

"要不是在外面我就揍她了！"赵吉祥看着怒气冲冲离开的妹妹，自己也觉得很气愤，他好心提醒她别吃太快怎么了？

"哥，换我我也气得用水淋你。"秦桑一脸无语地看着赵吉祥，"女孩子最讨厌别人说她胖了，你偏说。"

"胖还不让说呀？"赵吉祥也郁闷，对着自己家里人难道还要遮遮掩掩说话吗？那多不痛快呀。

"不让说。"秦桑抽起纸巾递给表哥，"咱们也快点吃完回家吧，今天的作业还是很多。"

"秦桑你这个人很没有意思，除了做作业你还能想点别的不？"

"不能。"

"秦桑，真的是你。"正说着话，没有再注意那边的周衡，他忽然走过来打招呼。秦桑顿时觉得自己紧张得整个身体都颤抖了一下：他刚才没发现自己在观察他吧？

"喂，别人吃饭的时候不要随便打扰。"赵吉祥对周衡没有什么好印象，虽然上次他在球场有心找邹棉麻烦时周衡没帮着邹棉为难自己，但是，他仍然对这种长得帅又四处招女生的男生没什么好印象。

"我只是来打个招呼。"周衡也不介意赵吉祥的不欢迎，他确实是因为刚才赵如意闹出来的动静才注意到这边。

不知道为什么，看到赵如意走了之后秦桑浅浅地笑着和赵吉祥聊天，他忽然心里好像哪儿有点不对劲儿，所以就过来打个招呼。

"现在招呼打完了，走吧。我们要吃饭了。"赵吉祥也不客气，总之他就不喜欢长得比他帅女生缘比他好的男生就是了，这周衡，不会是看上了他表妹吧？

"好。你们慢慢吃。"周衡微笑着看了一眼都没来得及说话好似有点紧张的秦桑，转身离开回到了他自己的座位上。

但秦桑却觉得心里更紧张了，紧张得这一顿饭她都没吃出来什么滋味。

7

一直到回到自己的房间，周衡也没想明白今天在餐厅里看到秦桑与赵吉祥一块儿吃饭后心里为什么觉得不对劲儿。

他快速做完作业，又找出一本书来看，然后觉得有点儿饿，自己下楼到厨房里找吃的。

从冰箱里拿出桑葚果酱抹在吐司片上啃了几口，他才忽然醒悟过来：最近，自己是不是太在意秦桑这个人了？

看到她吃桑葚果酱，于是自己也想吃。

看到化学竞赛她也参加，也觉得特别有意思。

物理实验比赛，看到她也去，于是他也觉得有意思。

她讲述出来的一些解题的思路，他总觉得恰巧正是自己的想法。

他觉得她特别聪明也特别勤奋，看到她他便觉得自己过去是不是不够努力，总觉得需要加把劲儿在功课上，否则这女生又要在第一名上甩他几十分了。

其实他也不是非要争第一不可，只是偏偏觉得，如果功课不如她，会有点小丢人。

一个男生，不想在一个女生面前丢人，意味着什么呢？爱情？应该不会。周先生有次吃着饭假牙掉到碗里了，钟小姐就笑话他，周先生也没有生气，反而开玩笑帮钟小姐笑话自己。

也许是，因为秦桑那个女生很特别？

对。就是特别。她聪明，不聒噪，安安静静的样子就很好，而且，她的眼睛很好看，丹凤眼，却有大而黑的眼眸，深潭一般清亮透彻又幽深。

后半夜，周衡觉得自己想明白了，心安理得地终于去睡了。

但是，睡着之前，他又想起了一个问题：秦桑和赵吉祥是什么关系？他们为什么会在一起吃饭？这个问题一下子，又把周衡的睡意给打跑了。

所以，第二天一早，他起晚了，平常散步回到门口便会遇到他出门的周先生和钟小姐很奇怪地上楼，看到他们的大宝贝孙子还在睡梦中。钟小姐疑心他是不是生病了，轻轻摸了摸他的额头才问他："阿衡，你是不是不舒服？现在已经过了上学的时辰了呢。"

天快亮时才与周公会面的周衡从床上跳起来，不可置信地发现自己上学十年以来，第一次迟到了。

秦桑发现今天许多女生都站到走廊上去了，一直看着二班的走廊窃窃私语。

秦桑忙着功课，一向不怎么在意外面发生的事情。

直到课间休息时她要去教师办公室送作业，才发现周衡居然头上顶着一本《现代汉语大词典》站在走廊上罚站！

二班的班主任是个妙人，他的班规总是具体得很，比如说如果迟到，就会被罚头顶一本《现代汉语大词典》站在走廊上听一个早上的课，也因为这条规矩，二班很少有迟到的同学。

但是，像周衡这样的学生为什么会迟到？

8

周衡看着秦桑觉得自己有点窘迫，又觉得这感受挺新鲜的。

班主任想着这招儿还真是行，头顶着一本大词典不能乱动，这早上三节课站下来，他这会儿是真有点全身僵硬了。

看到秦桑他本来想打个招呼，但好像又觉得没什么好说的，就只是那样仍然站得笔直一动不动，对她露出了一个笑容。

他觉得自己的笑容有点安慰的意思，就是那种属于"我没事只不过在罚站"之类的。

但秦桑的反应却很奇怪，她抱着一大摞作业，飞快转身从另一边离得更远的楼梯飞也似的跑下楼去了。那背影看起来就像一只受了惊吓要赶紧躲起来的兔子。

周衡心里有点小失落，她跑那么快，是因为觉得他丢人吗？

秦桑从教师办公室回来的时候，心还在怦怦地跳。难怪一早上班上的女生们都站在走廊上小声说着什么，又是什么"第一次"，又是什么迟到，又是什么好帅之类的，原来是因为他早上迟到被罚站了。

是因为昨晚家里有人过生日玩得太晚所以才迟到的吗？他那样站一个早上，一定会累吧？

"秦桑，这段英文你来背诵一下。"讲台上的老师忽然发难，秦桑站起来的时候，慌得脸都红了，但幸好，她从来就不是一个不努力背书的学生。

堂堂的校草学霸周衡因为迟到而被罚站了一个早上的事情很是热闹了一天。

不但一班二班的女生来参观了，高一的学妹们，还有高三的学姐们竟然也有专门来观看的。

周衡觉得自己有点丢人，但又觉得其实也没什么，他自己平时受得了大家的吹捧，这会儿就受不了大家的嘲弄吗？

不过，站了一个早上，他倒是下了一个决心。

在学校的小食堂里简单午餐后，秦桑又拿着书去了行知园。

校园里的中午比较安静，有的同学会简单午休，不午休的同学会到球场上打球，也有家住得较近的同学回家。初中时就在乡下住校读的秦桑一开始的时候很是不习惯九中的走读节奏，但现在她习惯多了。

今天，那个人罚站的事，也让她明白了为何九中是走读高中但高考成绩却一直很好的原因。因为九中的校规很明确，注重培养学生的自立自学能力，像他那样的尖子生就算是迟到了也照样挨罚，那么普通的同学自然没有违反了不服惩罚的理由。

想到这些，秦桑觉得自己还挺幸运的，毕竟在一个公平的环境里，她只要努力就可以达到目标，不是吗？

"嗨。"已经坐在凌霄花架下等着的人对秦桑打了个招呼，差点儿又把秦桑吓了一跳。"我罚站完了。"

"呀？"秦桑没能很快地反应过来，好一会儿才从周衡阳光满满的笑容里回过神，"哦。"

"那个，可以问你一个问题吗？"周衡心里有点紧张，让他的表情忽然带了点严肃。

9

"嗯。你说。"秦桑以为又是讨论功课问题。

"那个，你和赵吉祥很熟悉吗？"周衡问完，又加了一句，"你们是朋友？"

不会是，交往中的朋友吧？

"呀？"秦桑也不知道为什么，总是在这个人面前有点慢半拍，"那个，我住在我姑母家，他是我表哥。还有三班的赵如意，是我表姐。"她不是很明白，周衡为什么要问这个。

"哦。这样。那个，我就是随便问问。再见。"周衡顿时觉得自己好尴尬，他站起来，快步离开了行知园。

秦桑愣了一会儿，还是不太明白他为什么匆忙离开。至于他为何要问表哥和自己是不是朋友，大概是昨晚在餐厅见到了觉得很奇怪吧。

秦桑安安静静地专心看书的时候，邹棉从另一个门悄悄地离开了行知园。从周衡在这里等秦桑出现之前，他就已经在这里了。

每一个学校都会有一个放着陶行知雕像的行知园，九中的行知园历史特别悠久，所以树木都十分茂盛，他安静站在角落里，并不容易被人察觉。

他似乎是那种天生就善于隐藏自己的人，所以，他总出现在她周围的角落里安静地站着，而她，从来没有发现过他。

唯一的一次，便是他和赵吉祥打架那天，在天台上。

如果周衡是太阳，总是散发着温暖而热烈的光芒，那么邹棉就像是月亮。

他是明亮的，但却又是冷的，因为不管是外形还是内在他都很优秀，所以他也会发光，但是，他的光却是冷的。

邹棉也觉得自己很阴暗。生活的窘迫与困境一个接着一个，他不快乐。所以很少笑，即使笑，也不会太开怀。他的童年担负着母亲的忧郁，他的少年背负着姐姐的自我牺牲，他不知道要如何摆脱这种困境，但却又非常渴望摆脱。

如果今天因为迟到被罚在走廊顶着一本词典站了一个早上的人是他，他就算能忍耐，内心也必定会崩溃。他不可能笑得出来。

但周衡不同，秦桑看到了他的窘迫，他却仍然对秦桑露出了笑容。而且他似并不觉得那是他的困扰，反而来这里等秦桑，问她和赵吉祥的关系。

作为邻居，邹棉当然知道赵吉祥兄妹和秦桑是什么关系。但那又怎么样呢？周衡依然光芒夺目，然后，吸引了秦桑的目光。虽然，她掩饰得很好。但是，邹棉就是清楚地知道，吸引了她的心的人，并不是自己。

放晚学的时候，邹棉看着校门外那辆奔驰车旁边站的那个男人，很不悦地皱了皱眉，然后他快步经过他向前走。

"小棉！"那男人忽然伸出手，抓住了邹棉的手臂。

邹棉猛然用力挣开："我不认识你。"

"我们谈谈。"中年男子很无奈地放低了声音，"和我谈谈，你也不希望你姐这样下去吧？她大学都还没有读完。她那么聪明，读到博士都没问题。"

邹棉低头，继续往前走。那中年男人却并不放弃，在后面喊了一声："小棉，你考虑一下，别因为一时意气耽误了你姐。"

10

邹棉脸上神色冰冷，似乎并不为所动。但是转过拐角之后，他却并没有回家，而是走向姐姐公司的方向。

那个男人已经来找他好几次了。一开始他说他是他的父亲时,邹棉不相信。

他对自己的父亲完全没有记忆也没有印象,因为他三岁之前,妈妈就带着他和姐姐独立生活了,他的生活中从来没有出现过父亲这个人甚至不曾出现父亲这个词。

母亲一生好强,更是从未提起过父亲。

他只知道父亲令母亲伤透了心,所以,母亲带着他和姐姐离开了他,直到去世,都没有提起过他。

他曾经问过姐姐,姐姐也只是说,父亲当年对不起母亲,所以母亲就带着他们出来了。至于是什么样的对不起,邹棉没能深究,那个男人在见到他的时候,也没有说,只是说,想让他和姐姐回家。

家?那是什么样的家?让母亲带着年少的姐姐和还是婴儿的他离开的家会是一个什么样的家?

邹棉无法想象,但他知道,像母亲那样的人,必定是被深深地伤害过,才会做出这样的决定。

母亲至死都没有提起让他们去找父亲的事情。

很小的时候,邹棉也曾经期盼过父亲的存在。但随着他长大,这种期待慢慢就淡了,到了现在,就淡到再也看不见了。

如果在过去的十七年里,这个父亲一直不曾出现他也已经长大,那么往后,他便更不需要他的出现了。他有妈妈和姐姐就足够了。

听说,周衡住在本城最尊贵的使馆小洋楼区里,能到那里住的人,非富即贵。虽然周衡是骑自行车上学,但是……邹棉听女生悄悄提起周衡的时候,都会说他是富二代或者贵公子。

是的,邹棉心里有妒忌。因为,那个叫秦桑的女孩。

　　邹欢除了在一家公司做文员外，还在一间快餐店打工。那边离九中有五六公里，邹棉没有搭公交车，他喜欢步行，心里想着事，并不觉得路远。

　　邹棉从来没有注意过，有一个脸色微微惊惶的胖女孩一直在他后面跟着他。

　　那是赵如意。

　　赵如意注意着与邹棉有关的一切，他看什么书，放学后会多看哪里一眼，走哪一条路，中午放学后会吃什么饭，喜欢在哪一位置吃饭，她全都很清楚。

　　她努力努力地想把自己巨大的身形变成一个无人注意的透明的影子，以便自己能更多地注意他。

　　过去一年多来，她都是这么干的。

　　嗨，你知道什么是一见钟情吗？

　　是的。我知道。从我第一次看到邹棉提着行李箱站在邻居家的门前那一刻开始，我就深刻地知道。

　　这个问题与答案，赵如意在心里问过自己无数次，也回答过自己无数次。

　　他不是神，但他的一个眼神，便能令她重生，或者毁灭。

　　从此她想追随与他有关的一切，不由自主。他向前，她便行走；他失神，她便驻足。她害怕他发现自己在跟着他，却也害怕他永远不曾发现自己如此注意他。

　　赵如意正想着心事，忽然看到前面的少年向前狂奔而去，闯了红灯引起一片喇叭声也不顾。

　　赵如意吓得快步跟上去，她向他奔跑的方向看过去，愣住了，那不是她妈妈和一群街坊阿姨吗？

　　即使隔着很远，赵如意也能感受到妈妈和阿姨们正怒火冲冲地围着一个女孩，那架势，就像要把那个女孩吞掉一般。

漂 洋 过 海 来 看 你

第三章

我真害怕，就算我拼尽所有的力气，
耗尽了内心所有的温暖，你却依旧
是我今生无法靠近的彼岸。

1

赵如意也闯了红灯跑了过去。

妈妈带领着一群中老年妇女正围着一个美貌的年轻女孩拳打脚踢加漫骂,比她早一步跑过去的邹棉紧紧握住拳头把那个女孩护在怀里,俊美的脸上是压抑的愤怒,那女孩紧紧抓住他的手不让他冲动。

那美丽少年压抑着愤怒而痛楚的眼神,像一根根又细又长的铁线,网一样咬住赵如意的心,紧紧地勒进去,瞬间就痛得她几乎不能呼吸。

那是她第一次,看见了他又深又痛的伤口。

她忽然间明白了,他为何总是沉默而忧郁。

可赵如意奔了一步,却硬生生地停住了。

在愤怒的妈妈面前,她深知自己力量甚微,她移动自己肥胖的身躯,从没如此迅速而又敏捷地闪到了一棵树的后面,努力遮掩自己不让那个愤怒的少年看见。

赵如意想他大概并不希望自己看到他此刻的狼狈吧。

但是,她又怎能就那样眼睁睁地看着他陷于困境?

那点不怕死的急智涌上赵如意的脑海时,她觉得自己疯了。但是,她决定疯一次,于是,她想也不想就用尽力气尖叫一声转身扑入马路上的滚滚车流里。

尖厉的刹车声和倒在车轮下的她确实引起了愤怒的妇女们的注意。

特别是她妈妈,她尖叫着喊"我女儿被车撞了"时,赵如意允许自己在极度的疼痛中闭上了眼睛,晕迷之前,她甚至想露出一个微笑,因为她好像觉得自己听到了他松了一口气的声响。

听到救护车的声音的时候,邹棉已经扶着狼狈的姐姐拐入了一条人少的巷子里，他焦急地查看她的伤势，帮她整理她散乱的衣服。脱下校服外套披在她的身上，然后轻轻地把仍然在颤抖的姐姐拥进怀里："没事了，姐，没事了。"

远处救护车的声音尖叫着近了，随后又尖叫着远了，邹棉轻拍着崩溃痛哭的姐姐的背，努力地在脑海里搜寻那个倒在车轮下的女孩子的脸，是她吗？那个带头打他姐姐的女人的女儿？

秦桑和赵吉祥得到消息赶到医院的时候，赵如意还在手术室里没有出来，姑母正揪着姑父的领子打他："都怪你！都怪你！如意要是有什么三长两短，我就杀了你再自己去死！"

姑母已近疯狂，又在医院里，姑父倒是没有动手。

秦桑刚稍稍安心一点点，一个护士忽然走过来说："病人急需输血，现在血库紧张，你们都是亲属吗？都去验一验血型！"

于是，又是一阵忙乱。幸好，兄妹俩的血型是一样的，又是双胞胎，赵吉祥给抽了 600CC 的血，还是不够，秦桑与姑父的血型也可以，又各加了 400CC。

手术中的灯一直亮到凌晨三点多才熄灭。

2

赵如意整整昏睡了三十多个小时才醒过来，原本医生说，二十四小时没醒过来都仍视为危险期。

作为母亲的姑母焦炽又痛心地守了一天一夜，仍不见赵如意醒过来，终于支撑不住倒下了。血压高心脏也有点小问题，没办法也办了住院手术，赵大富和赵吉祥跟着去照顾了，病房里，就只剩下秦桑在守着。

秦桑坐在病床边，伸出手指替赵如意整理了一下盖在脸上的刘海。

不知道是不是因为受伤的原因，原本肤色不白的赵如意看起来有点苍白，脸上的青春痘似乎也淡了许多，她眼睫毛浓而长，鼻子笔挺，嘴唇略厚唇形丰润。

如果不是有点胖又比较自卑，赵如意真是个长得很好看的女孩。

七点多的时候，秦桑有点饿了。但她没敢走开，怕自己一离开赵如意就醒了，醒来见不着人应该会难过吧。于是就喝了点水继续守着，顺手从口袋里拿出口袋本的英语单词来默背。

赵如意醒来听到的第一个声音，就是秦桑的肚子饿的声音，她艰难地睁开眼睛，看到秦桑正低头喃喃地背单词。赵如意"嗯"了一声找到自己的声音。秦桑马上抬起头，看着赵如意惊喜地问："如意你醒了？感觉怎么样？"她赶紧起身按铃叫医生。

赵如意莫名其妙地有点看不惯她关心自己的样子，想动一下身体，却被来自四肢的疼痛惹得差点儿大声呻吟出来，说出口的话便变成了责怪："其他人呢？"

"姑母在这里守了一天一夜，刚刚高血压犯了，在五楼的病房里呢。姑父和你哥都过去照顾她了。"秦桑说着轻按住赵如意想挣扎的手，"你先不要乱动，你受了很重的伤。医生马上来了。"

赵如意被身体的疼痛折磨得眼泪都快掉出来了。

她真没想到会这么痛。太痛了，像全身的骨头都被拆碎了一样，特别是右腿，痛得她半边身体又重又麻，像失去了知觉一样。

想到这点，赵如意猛然瞪大眼睛，再次挣扎着想看看自己的四肢还在不在。秦桑眼看她都把吊瓶的针都晃动了，赶紧按住她没受伤的肩膀："别动别动。你的手脚和身上都有伤，不能动。"

"还在吗？我的……手脚？"赵如意问秦桑，语气有些绝望。那条路的车都开得好急。

"还在。你没事。就是受伤很严重，需要慢慢地休养。"秦桑安慰赵如意，心里却不由得叹了一口气。

医生说明手术情况的时候，她都听到了。赵如意脾脏破碎，切掉了一半。手与肩膀都有骨裂。最严重的是右大腿腿骨，严重断裂，需要用三根钢钉才能把骨头接好。手术后留疤不可避免，更严重的是以后不能做任何剧烈运动，还有可能会影响正常行走。

"真的吗？"赵如意自己也不相信。

"真的。你还好好的。"秦桑对赵如意露出一个微笑，"别担心。"

3

"周衡，周日早上有时间吗？"周五放学时，班长问出这句话的时候，周衡几乎下意识地说："我有时间。"

"那我们去看看赵吉祥的家人吧。"

"好。"

"明儿见。"

"明天见。"

一班的赵如意，就是同班赵吉祥的妹妹赵如意因为严重车祸住院的消息已经在学校里传开了。赵吉祥也请假了一周，因为听说他母亲也住院了。

而对于周衡来说，最最重要的，是她也请假好几天了。

她和那个赵如意是姐妹，住院了照顾一下自是应该。

几天不见她，好像有点小挂念。

周衡在路口等红灯的时候，忽然做了个决定，掉转方向骑去医院。昏黄的路灯一盏一盏地在他身后渐次亮起，一点点地点着了少年隐晦的心事。

停好车之后，周衡跑上台阶的脚步很欢快，还没进门，就看到她的身影，他下意识地躲到一旁柱子后面她视线不及的地方。

秦桑陪着特意来看望姑母与表姐的父母与弟弟走出了病房楼大门："爸爸妈妈，天黑路远，你们一路要小心。小茧，照顾好爸爸，功课上要多努力。"

"知道了啦。"秦茧才十二岁，对于姐姐的啰唆他有点不耐烦。

"我们知道了，你快上去吧。如意不方便，病房里没人不行。你别光顾读书，要照顾好身体。"章小素伸手拍了拍女儿的手臂，温柔地让她不要再送了。她看起来有点瘦弱，但精神十分好，像水，却又带着一股坚韧的劲儿。母女俩在外貌气质上十分相似，关系也很好。

"快回去吧。咳！"秦海说着话，没忍住又咳了一声。他心脏不好，身体经常生病。章小素自然地转身把他的外套拢了拢，问儿子："小茧，水杯呢？让你爸爸喝点热水。"

"爸，给。"秦茧马上递上了打开瓶盖的保温水杯。秦桑表情和缓地看着自己的亲人，一双凤眼里的眸光温柔而又幽深。

看着那一家人分别，一家三口上了出租车，秦桑转身快步走向电梯，周衡这才从柱子后的阴影处走了出来。

这一家人感情真不错。不过，自己为什么要躲起来？

但是，如果不躲起来的话，万一她问你为何在这里要怎么回答？

从来内心一片清明的周衡在心里为要不要跟着秦桑去病房先打个招呼，激烈地斗争着。

周衡呀周衡，你最近真的很不对劲儿，变得莫名其妙鬼鬼祟祟，有点小家子气知道不？

好吧。反正人也看到了。现在回家吧。

来都来了，不如上楼去看看再走？

可是，要用什么理由呢？

要什么理由呀？就在病房外看一眼，刚才人太多都没看仔细，她好像瘦了一点？

大不了被撞到就说来医院里看朋友真是巧。

没错。就这个理由好了。

想到这儿，周衡挺直腰板进了电梯，一点都不觉得自己小气巴唧的了。

病房里，赵如意烦躁地用没受伤的手按着电视遥控器，秦桑正在削一个苹果，两人没说话，但是因为赵如意的情绪不好，气氛很怪。

4

"吃点苹果吗？是我们邻居种的，特别甜。"秦桑把苹果切好放进小果盆插上牙签才递给赵如意。

赵如意放下遥控器拿起一块放进嘴里，她有心事，吃什么都觉得没有滋味。

一周了，那个人，来看过她吗？

"那个，我还没醒的时候，有人来看过我吗？"终于还是忍不住，问秦桑了。会不会他来了，然后与秦桑说了话，没等她醒，就走了？

"有。你伯父和姑妈都来看望过你。你醒了之后他们又都来了一次。"秦桑敏锐地觉得赵如意可能在期待什么人来看望她。

"哦。苹果挺甜的。"赵如意扯开话题，不想让秦桑了解自己太多。毕竟那个人喜欢的人是……

"秦桑，你有喜欢的人吗？"赵如意忽然问了出口，她问得很直接，而且迫切地想知道答案。

她对秦桑怀有敌意，但是，作为表姐妹，从小一起玩过，长大后又长时间相处过，她并不讨厌她。

如果不是那个人的话，她很喜欢秦桑这样的妹妹。

"什么？"秦桑没想到赵如意会忽然之间问自己这样的问题，她有点慌了，为脑海里忽然闪过的脸，还有一个随着心脏的血液在奔跑的名字。

"告诉我，你有喜欢的人吗？"赵如意瞪大她又圆又黑的眼睛，毫不掩饰眼神里对于答案的迫切。

受伤之后，她元气大损，才一周她的身体就以惊人的速度瘦了下去，原本圆圆的脸小了一圈儿，显得她原本不小的眼睛更大了。

秦桑的眼神躲闪了两次，最后还是回应了赵如意的眼睛。

她轻轻地叹息一声，放下手里的果盆，把自己的左手举起来，把那忘记生长而消失的小指放到赵如意眼前："知道吗？我从小都很羡慕你，羡慕世界上所有健全活泼的女孩子。尽管它少了一截儿并不是非常大的缺陷，但在我心里，它就是一个永远都不会好的伤口。我试着忽略它，但我目前还无法做到完全不介意它的存在。所以，就算我有喜欢的人，我也只能什么也不说地喜欢着，不会有任何实质性的行动。我希望自己有资格的时候，再去喜欢一个人。"

赵如意看着秦桑平静的脸，和藏着幽深的决绝的眼睛，忽然心中大恸。

她觉得，秦桑对于喜欢一个人的理解，好像与自己相似，但又好像，比自己要深刻许多。

她想问她，你喜欢的人是谁？是……那个人吗？

她忍了忍，没有问。如果秦桑回答是，那她要如何？恨她？骂她？与她竞争？把她赶走？好像不管做什么，都很无力。

秦桑并没有再继续话题，只是又把果盆端了过来："苹果很甜。我们吃完它吧。"

病房门外，一个高个俊朗的少年背倚在墙上，慢慢地平复自己过于激烈的心跳。

哦。

她竟然已经有了喜欢的人。

5

周日早上，当班长打电话问周衡在哪儿为何还不到的时候，周衡在房间里一边百无聊赖地玩飞镖，一边这样回答："抱歉。我去不了。我奶奶有点不舒服我得陪她。"

事实上，他嘴里"身体不舒服"的钟小姐正身体康健地与周先生在花园里整理玫瑰园。

下午他很无聊，为了打发时间，就出去骑自行车。路过花卉市场的时候，忽然拐了进去，到处问有没有桑树卖。

只有一家有卖的，但只有一棵半大不小的，枝叶都枯了一半，也不知道还能不能种活。见一个半大小伙子非要买，老板高高兴兴地半价卖给他了。

他一手抱着那棵小树，一手扶着自行车往回走，走了一个小时，五公里，进家门就去找了钟小姐的园艺铲子开始挖坑种树。

"阿衡，要吃晚饭了，你在干吗？"钟小姐和周先生从厨房的窗户看到他在挖土都觉得很惊奇。

"稍等一会儿。我在种树。"周衡奋力挖土，心里在用书上看过的植物知识在衡量坑的深度是否足够。

钟小姐和周先生对看一眼，挑挑眉毛，相携走出来看孙子种树。

钟小姐伸手扒拉了一下小树枯黄的叶子："这是什么树？看上去似乎已经死了呢？"

"这是桑树。有点不好。但没事，还可以活。"周先生在乡下长大，对于这种植物并不陌生，顺便还指导了一下孙子，"坑要挖深一点，坑里留一点松软的土，浇一点水再把树根埋下去。"

"好！"小伙子埋头挖土假装很忙，生怕老两口问他为什么忽然想种树。

"可是阿衡，你为什么要种桑树呀？"在丈夫面前，钟小姐永远对一切充满了好奇心。半大小伙忽然莫名其妙地想种一棵树，难道不奇怪吗？

"那个……我想吃桑葚果酱。"周衡为自己找了一个完美的理由，生怕钟小姐不信，他又解释了一句，"从超市里买回来的味道好像不够自然。等结出了果实，钟小姐能帮我做成果酱吗？"

"我大概不能。我并不擅长厨艺。"钟小姐拒绝了，但她依旧明亮的眼睛意味深长地观察着孙子的举动。

"我会做，我教你。"周先生的动手能力非常强，不管是做木匠，还是做厨师。

"我才不要学。那也是你的孙子，你做给他不就行了？"钟小姐撒娇地拒绝丈夫的好意。

"当时你嫁给我的时候你说你出得厅堂入得厨房的。"周先生看着妻子笑。

"商品没有卖出去之前当然要做广告呀。"钟小姐笑嘻嘻地瞪了周先生一眼，"怎么？现在想退货？"

"不。并不想。"

埋头挖土的周衡轻轻地松了一口气，话题总算不在自己身上了。

6

周一早上，秦桑是从医院搭公交车去上学的，刚下了公交车，就看到那个在脑海里出现过无数次的人骑着自行车从春末绿影浓郁的路边疾驰而来，秦桑像以往每一次看到他那般，难以控制地觉得心跳漏了一拍，她悄悄地不着痕迹地站住脚步，等着他如过去的好多天以来那样和她打招呼。

"嗨，秦桑，我有一个……"他总是有许多各种各样的问题要与她讨论，让她发现与他说话总能够获益良多。

但是，那个少年，近了。

到了。

然后，远了。

他什么话也没有说。甚至，没有看她一眼。

秦桑呆呆地站着，好一会儿，从错愕里找着了理智。也是，也不可能，每一次，他都能看到自己。

也许，今天的他并没有什么问题需要与她讨论。

又或者，就算他想讨论，她也不一定会懂，毕竟，她请假一周了。

疾驰着经过了秦桑的周衡根本没有发现，自己此刻的脸几乎可以把周围的空气冻成冰霜暗成黑夜，心里依旧有两个声音在交织着：

喂！你明明看到她了！为什么不和她打个招呼！

可是她有喜欢的人了！

喂！那有什么关系！你可以去挖墙脚！

可是她喜欢的人可能并不是我！

喂！那你干吗把上周的听课笔记整理得那么好不是今天要交给她吗？

可是她会不会误会我喜欢她……

喂！难道你不是喜欢她吗？

……

"吱——"尖厉的刹车声响起，已经远去的少年忽然掉转车头看了回来，他的笑容比穿透了浓荫的阳光还要热烈："喂，秦桑。你怎么在公交站？"假装才发现她的上学路线有变，应该不会太糗吧？

刚刚平静下来的心脏再次为他的声音狂乱地跳起，秦桑犹豫了半秒，悄悄地加大脚步向他走过去："嗯，我今天从医院过来，搭公交车了。"

周衡一条长腿撑在地上稳住自行车，手从书包里掏出一个深灰色的笔记本："听说你上周请假了。这是上周的听课笔记。还有一周段考，第一可不要被我抢回来呀。"他尽量把自己语气放得坦率自然，以掩饰那本他特意做好的笔记本，"是为了公平竞争才帮你记录的。谢谢我吧。"

"谢谢。"秦桑伸出双手接过，她努力地控制着自己激动得有点颤抖的手指，害怕被他发现自己的心事。

"再见。"爽朗的少年挥挥手，骑车远去的背影，像天使没入绿荫里。

"再见。"秦桑轻轻地说再见，心里有一种难以言明的温柔，满得几乎要溢出来了。

7

邹棉从晚上八点开始，就已经在天台上等着了。

他手里拿着一个笔记本。那是，上周的课堂笔记。他很少做课堂笔记，但上周他不但做了，还做得很认真。

班上的同学去看赵如意那天，他也去了。只不过不是一起去的。

他并不想见赵如意，也并不想深究她那天出车祸的原因，尽管，她的意外救了他和姐姐。

但是……

他知道，人生从来就是许许多多的为难组成的。不是别人为难了自己，就是自己让别人为难了。

九点半的时候，隔壁天台的楼梯门才有了响动。今天似乎晚了一些，但是，她还是上来了。

秦桑背了一会儿单词，才发现邹棉站在对面天台上。少年十分消瘦，五官俊美的脸在淡淡的灯光下似有忧伤弥漫。那双眼睛，似乎已经看了自己许久。

"你好。"秦桑微微地点头示意，不能假装看不见，虽不算熟悉，但也不是不认识，打个招呼总不至于失礼。

"这个给你。"邹棉没想到秦桑会主动与自己打招呼，愣了一下后忽然不知道如何开口，飞快地把手里的笔记本放在两幢楼之间的矮围墙上，然后闪进楼道门，快步消失了。

秦桑在他的身影完全消失再无声息后，才忽然反应过来，天台微黄的灯光下那个放在围墙上的笔记本安静地待在那里。

秦桑拿着那个笔记本走下楼的时候，心里正想着怎么把它还回去。上周的课堂笔记，她有早上周衡给的那一份就足够了，但是这一份要怎么还回去呢？

"秦桑，手里拿的是什么？"正失神间，没看到五楼赵吉祥正等着她，说话间劈手就把笔记本给拿了过去，"课堂笔记本？给我的？哈，我就知道表妹最好了。下周段考我妈说我再考砸她就死给我看。我哪里舍得她死呀。那我就不客气啦！谢谢！对了，今天你不用去医院了，我妈下令了，现在请了护理，你和我轮换着各去一天就行。今天我爸去，明天我去，后天轮到你，唉，家里一下病了俩真是累人。我去抄笔记了，回见。"

秦桑眼睁睁地看着性子急说话快的赵吉祥把那个笔记本拿走，然后愉快地关上门把她想解释的话隔在外面。

好吧。反正是做好的笔记，有人用得上总比没人用要好吧？

第二天，病房里，又瘦了一点且精神状态依然不怎么好的赵如意瞪大眼睛看着赵吉祥给自己的课堂笔记本，好一会儿才找着了自己的声音："赵吉祥！这笔记本你哪儿来的？"

"死丫头，你叫我一声哥会死吗？"赵吉祥对于自己妹妹从不肯叫自己哥哥很是有些不满。赵如意哪里像个妹妹？像秦桑那样又乖巧又可爱又听话才叫妹妹。

"哪里来的你别管。要不要？不要我拿走了呀！"

"要！"赵如意赶紧把笔记本放进被窝，因为太紧张，她因为重伤而苍白的脸上起了一点点粉红色，不过一向很粗心的赵吉祥也没有发现就是了。

8

"秦桑！"放学后，秦桑在等去医院的公交车，"吱"的一声刹车，一辆山地车在她身后停下，高个儿男生一条腿支在地上，他的笑容在淡淡的黄昏中明亮而又欢快。"今天要去医院吗？"问完这句，他心里有点小遗憾，他的山地车后面没座儿，否则的话是否可以借口也去那边带她一程。

"嗯。"秦桑也对他露出了淡淡的微笑。

自从他把自己的笔记本借给她那一天之后，他们几乎每天都能遇见。

尽管她每一次见到他都会觉得紧张而尴尬，但他却是一个多么明朗而让人感觉舒服的人，不管是问一句早上好还是讲几句试卷上的奇葩题目，他总能让人感觉到舒服而愉快。

他有一种魔力，能让人不由自主地变得自然而舒适。

这世界上大概再也不会有比他更好的男孩子了吧。

"路上小心哦。"他并不刻意逗留，仿佛真的只是恰巧遇见然后停下来打个招呼而已，"再见。"

"再见。"秦桑看着他骑着车的身影在远处不回头地朝自己挥了挥手，一只手不由自主地轻轻抚了抚自己心脏的位置，要如何是好？越来越期待与他的每一次再见。

秦桑轻声敲了一下门才走进去的时候，赵如意正在看书，一周前已经出院的姑母正在给她张罗晚饭："秦桑过来一起吃吧。"

"好。"秦桑放下书包，把这两天的课堂笔记与作业讲解都从书包里拿了出来一一放在赵如意旁边的桌子上，姑母让她隔天就给赵如意补功课，她很尽心想把这事做好。"如意今天好点了吗？"

"还那样。"赵如意把手里的书丢到一边，顺便扒拉了一下秦桑做得很详细的笔记与作业。"听说，这次段考你又考了第一？"

"嗯。不过只比第二名高了一分。"周衡是第二。

"别在我面前炫耀。"赵如意其实最想问的是，邹棉考了第几，但偏偏秦桑不说，她哥赵吉祥更不会说。赵吉祥自己考得很一般，才不会主动提那些比自己考得好的人呢，省得又挨老妈一顿削。

"快吃饭吧。吃完饭给如意讲功课，讲完功课快回家去。"姑母秦燕妮把分好在饭盒里的饭菜端了过来，给秦桑碗里的饭菜堆得很高，给赵如意碗里的堆得更高。

"妈！你以为我是猪吗？每次都给我这么多饭！吃不完！"赵如意大声提出了抗议。

大手术后，大概是因为太痛，她的胃口一直不好，偏偏她妈天天让她多吃，她吃得都要吐了。

"我是人，哪有那么大本事生出一只猪来？快吃。人是铁饭是钢，多吃饭才好得快。"秦燕妮知道女儿脾脏切了一半身上又各处都有伤不想吃饭，但受了这么大的罪，不吃饭哪里行？只能逼着她多吃一点。

9

"吃完这些会撑死我的!"赵如意狠狠地往旁边的空碗里扒拉饭菜,"我讨厌吃肉!"

"吃肉长肉!你不吃伤口怎么会好?别扒拉了!"秦燕妮出手阻止女儿,一想到女儿大腿上那个大疤,她这做娘的心里就觉得痛。

秦桑安静地扒着饭,大口大口地吃着。并不加入母女俩的斗嘴,反而觉得习惯,姑母那个人,一直就是这样,这世界上每个不同的人,大概都有不同的表达爱的方式吧。

十点一刻,巷口最后的那班公交车走了。邹棉站在天台上,眼睛盯着巷口又等了一会儿,终于看到了她的身影。

终于回来了。

夏天的巷子里总是特别热门,喝啤酒吃烤串小吃的人们分散在路边的各个角落里,人们来来往往,各种各样的喧闹,各种各样的人生。

为什么会这样呢?

路上走过的那些人,比她高,比她矮,比她瘦,比她胖,甚至有比她长得好看的。但是,就没有一个人比她特别。特别得他只需要一眼就能从人群中分辨出哪一个影子属于她。

这是不是就叫作命中注定的人?

看到她的身影拐进了楼下的大门,邹棉才转身下楼回家。屋里悄无声息,姐姐仍没有回来。最近几天,她回来得越来越晚了。

几个月的时间对于邹棉来说,是缓慢的,他有时候希望时间能够快一点过去,马上成长为一个能够保护姐姐的男人。

但有时候又希望时间就这样慢慢地过着，每一天都能看见那个人，尽管与她没有任何进展，却仍觉得心安。

而对于多处骨折并且做了大手术的赵如意来说，这些时间是煎熬的。

这样长久的时间里，她一动也不能动，甚至不能下床，尽管每天擦洗，但她觉得自己整个人都是臭的。

她希望见到一个人，但又不希望被他看到自己现在狼狈的样子，尽管，以前那个胖得接近猥琐的自己也很狼狈。

而最最煎熬的，便是心里这些渴望与绝望全都无处可说。

她真害怕，就算她拼尽所有的力气，耗尽了内心所有的温暖，那个人却依旧是她今生无法靠近的彼岸。所以，她是一个脾气很坏的很难侍候的病人，秦桑每次去医院给她说功课的时候，几乎都能听到她在和姑母吵架。

出院回家后，几乎每天回家也都能听到她和姑母吵架。

幸运的是，母女俩没有隔夜仇，第二天又恢复如初继续吵。

这天秦桑回到家，与赵吉祥一前一后，他还没走到四楼，便听到屋里吵架的声音。姑母的声音已经接近吼："我再也不管你了！"

赵如意吼得也很大声："死了也不要你再管我！"

秦桑站在门外，打算等她们吵完再进去。跟在她后面上楼的赵吉祥伸出厚实的大手用力地拍了几下门："我说你们能幼儿园毕业了不？天天吵架你们不烦我们听的都烦了！妈！快去做饭！我饿了！"

10

姑母从屋里出来，一脸怒意仍在，顺手了儿子一掌："别挡路！老娘要去做饭！”

"妈，你就不能对我们温柔点？"赵吉祥闪到一边，嘴里说着责怪，脸上的表情却是笑的，"赵如意，别仗着是伤兵欺负人呀！"

"滚！"屋里赵如意的声音带着意犹未尽的怒火。

"我不滚。我有腿，我用走的。"赵吉祥脸上仍笑着，拍拍秦桑的肩膀跑上楼去了。

秦桑现在终于习惯了姑母这一家人的相处方式，大家总是互相吼来吼去，会吵架，会互骂，甚至会像姑父与姑母那样打架，但是，有什么事，都不会分开。

姑父在外面有了人，两人吵吵闹闹，每次见面几乎都会打架。姑母生病时两人还在病房里吵，姑母在病重时提出了离婚，姑父却哭了，不愿离，说外面的女人没有真心。之后姑父在医院衣不解带地守着姑母，两人没和好却也没离，依然吵架，似乎就要这样吵吵闹闹地继续过下去。

至于赵吉祥和赵如意，好像就没有过不吵架的时候。但并不妨碍赵吉祥把赵如意当妹妹。

听说，上次在操场上和邹棉打架，就是因为赵如意帮一个女孩送情书给邹棉，结果被邹棉出言侮辱了。

对于学校里谁喜欢谁谁向谁表白了这样的事情，全身心沉浸于功课的秦桑总有点后知后觉，但多少都知道一点。

听说，邹棉拒绝女孩时嘴很毒。听说，赵如意的好友向邹棉表白过很多次，赵如意好像也表白过。

听说，那个被叫作校花的女孩朱米娅也向周衡表白过。

听说过好多女孩向周衡表白过。

只是，不知道他是拒绝了还是接受了。偶尔会看到他们在一起说话，但那并不代表在一起，也不代表不在一起不是吗？像现在的周衡和自己，也会在遇见时说话，有时候仅仅只是打个招呼，有时候讨论一下题目，或者某一个竞赛的情况什么的。

"秦桑！帮我倒杯水！"赵如意在她房里大声叫着秦桑，打断了她的胡思乱想。

秦桑赶紧收回心神，拿着今天的笔记与作业去了赵如意的房间里："今天的作业有点多。"

"多就不做了！"赵如意接过水一口喝完，"我妈把卖盐的打死了吧？一碗面条起码放了半袋子盐！咸死我了！"

"还要水吗？"秦桑习惯了赵如意的抱怨，在床上躺了那么久，因为骨头没长好，动都不能动，接下来还有很漫长的恢复期。

换作秦桑自己，也会很不耐烦的。

"不要了！还有，你要是忙的话别再来给我讲课了。反正也参加不了期末考，下学期能去上课就不错了。大不了重读高二。"

"给你讲也是复习。"秦桑回答得很认真。给赵如意讲的时候，她确实在复习，所以并不觉得麻烦。

"秦桑，有人告诉过你，你这个人很没有意思吗？"

"有呀。你说过好几次。"

"你是个老古板吧？"

"我比你小四个月。"

"喊！"

第二天，秦桑上学的路上，忽然想，今天如果在学校里再遇见周衡，又说上了话的话，要不要问问他自己是不是很古板？

快到校门口的时候，身后"吱"的一声刹车声响起，秦桑回头，本以为并不意外会看到他的脸，但看到的却是一个五官精致美艳得让人心生自卑的脸："嗨，秦桑。我是朱米婀！"

漂 洋 过 海 来 看 你

第四章

走过了那么多风景，唯一的不完美，就是身边少了一个你。

1

"你好。"秦桑收回自己的失神，平静地打招呼。

"听说你已经拿了两次全校第一了。不错嘛。"朱米妸的脸上有微笑，秦桑也不能准确地判断她要表达什么意思，所以就当她是赞美吧。

"谢谢。"

"再见。"朱米妸个子也高，大概有一百七十公分吧，背影秀美窈窕，乌黑的长发随意披散着，被速度的风扬起，看起来很美。

"看什么呢？"周衡不知道什么时候并排地站在了秦桑旁边，视线顺着秦桑向前看过去。秦桑眼里看到了朱米妸美丽的背影，但在周衡眼里不过是匆忙走进校门的几个同学与路过的行人。

"呃，没什么。早上好。"秦桑打完招呼，忽然想，自己果然是一个古板的人。同样的打招呼，朱米妸就令人印象深刻。

"早安！"周衡从口袋里拿出两张票，"这是英文原版的舞台剧。这样吧，明天期末考，如果我能考第一，你就陪我去看。如果你考第一，票就送你了。随便你请谁去看。"周衡说完，有点不自然地咳了一声，继续说，"当然，如果你考了第一又愿意请我去看，我会很乐意的。"

"这个……"秦桑伸手接过那两张似乎仍带着他体温的门票，她的手指紧张得有一点颤抖，"是《猫》。"

"对。在中国的第一场演出的票。"周衡有点小得意，他托了叔叔才买到的票，猜想她会喜欢。

"听说不容易买到票呢。"秦桑的声音不大，她的心情有点复杂，他的意思是，要和她一起去看舞台剧吗？

"就这么愉快地决定了！再见。"周衡有点怕听到她的拒绝，所以快速地跨上山地车风一样骑走了。

秦桑这天早上站在同样的地方两次看着前面远去的背影发愣：朱米婀忽然与自己打招呼是什么意思？周衡给的这两张票，又是什么意思？

秦桑不知道。因为，那一天，她没有再见到周衡。

第二天，他也没有来考试。

高二的最后一次期末考，已有点高考前的气氛，每一个人都紧张到有些兵荒马乱，秦桑也没有注意到隔壁的考场上少了一个周衡。

只是在第三天考完之后，才听班上那几个时刻关注着校园里各人动向的女生在悄声地说："喂，听说了吗，周衡没有来考期末考。"

"出什么事了？"

"也许是生病了？"

"听说是家里有事。"

家里有事。

会是什么样的事情呢？连期末考，都没有出现。

那天下午，秦桑有一种冲动，想去打听一下他家的地址，想去看一看他到底出了什么事。

她的心就那么吊着，只有一根线，那根线绷得紧紧的，风一吹就动，好似随时会断裂。

回到家，好不容易才听到了考完之后出去玩到深夜才回来的赵吉祥上楼的声音，秦桑慌乱地拿起单词本与耳机，假装自己要上楼背单词的样子冲了出去。

2

　　"哥。"秦桑深呼吸了好几次，努力让自己看起来很平静。

　　"放假了还用功？难怪考第一。"赵吉祥和几个朋友喝啤酒了，脸有点红。

　　"嗯。"秦桑跟在赵吉祥的身后上楼，心里千回百转地想着要怎么问他才好。眼看赵吉祥打开门要进屋去了，她才急急地叫了一声，"哥！"

　　"怎么了？"赵吉祥一边往上走一边问。

　　"那个，你们班的那个周衡，我听说，他没来考期末试……"秦桑心里犹豫着，要不要解释一下，自己这么关心是因为第一名的位置？

　　"哦，是的。听说是因为家里有事，出国去了。"赵吉祥一向粗线条，自然不懂秦桑心里的弯弯绕绕，"放心吧，这次的第一一定还是你。话说你不用这么紧张，考不上第一，学校不免你的学费的话，我妈也会帮你交的。我妈要是不帮你交，我帮你交。别担心。"

　　"我不是……"秦桑想解释，但又怕解释多半句赵吉祥真的误会，"谢谢哥。我会努力考第一的。"

　　"喂，都说了你不用那么努力！你成绩已经很好了！"赵吉祥嘿嘿地笑着开门进屋，"已经好得让我这样成绩烂的哥哥觉得很丢人了。让我少丢脸一点吧，求你了。"

　　赵吉祥关上门之后，秦桑愣了好一会儿，才放轻脚步上天台。

　　这天晚上，她背单词的速度慢得很，一个小时，背了不到十个单词。

　　她想，他一定是发生了什么事，否则怎会期末考都不参加就匆忙出国去了。

　　这么想着，秦桑的心里闷闷的，想哭。

隔壁天台上，原本在等姐姐回家的邹棉看到不应该在这个时间段出现的秦桑有点吃惊。

看到她没像以前那样一边来回散步一边背单词，反而在小亭子里坐下发呆后，邹棉隐没于黑暗里的眼神慢慢地柔和了起来：原来她还有这样失落的一面。

秦桑向来没有注意过隔壁天台的阴影处会有人，忧郁了一会儿，她便下楼去了。想起周衡给的那两张舞台剧的票，日期刚巧在三天后，三天后，他会回来吗？

秦桑下楼后，邹棉看了一眼时间，决定出门去接姐姐。

今天的时间实在是太晚了，他心里觉得不安。

邹棉这一去，就真的出事了。

从 KTV 出来后，赵大富决定带喝醉的邹欢去开房。

年轻娇美的女孩子喝醉的样子实在是太诱惑他的老心脏了。再说了，她要是不愿意，怎么会同意陪他出来应酬？这几年，那些看中他的钱的女孩，哪个不是一开始扭扭捏捏，后来就狮子大开口的？

钱他愿意给，只要女人听话就行。

赵大富实在是喜欢邹欢，他觉得邹欢长得太好看了，像画里的人儿一样。他就没见过这么好看的姑娘，电视上的明星也没她长得自然好看。再说了，电视上那些听说都整过容，邹欢那么穷又要供弟弟，肯定没整过。这么天然美的姑娘，他真是越看心里越不舍得。

3

被赵大富扶上车的时候，邹欢还有一点点意识，她挣扎着掏出手机给家里打电话，通了，但是没人接。

她看着赵大富搂着自己的手，心里越急，头便越晕，四脚都被酒精控制着快不是自己的了。无奈，她只好用仅剩的理智试图让赵大富理智些："老板，请你送我回家。不不，不用你送，你放开我，我去打车就好。"

"这会儿没有出租车了。"赵大富紧紧搂着她的肩，她不用香水，身上是很自然的护肤品的香味，十分清新诱人，那小脸蛋粉里透着红，让人恨不得将她吞下肚去。

至于她的扭捏挣扎，赵大富完全不放在眼里，女孩子不都这样吗？

嘴上说着不要不要的，其实心里根本不这么想。

"刚才客户想把你带走，我可是宁愿把生意丢了也不让你跟他走。我还能害你不成？"事实上赵大富心里想的是，好姑娘人人喜欢，给别人当然不如给自己了。借着酒劲儿，越想，心里就越痒痒，更顾不得邹欢的挣扎了，硬要把她往车里塞。

"她说了她不要！你没听到吗？"愤怒的少年从黑暗中冲了出来，稚嫩却充满了力量的拳头重重地打在了赵大富那张被酒精控制得差不多的脸上。

邹棉稍微比赵大富高一些，但论体重，他远不是赵大富的对手。

但赵大富喝了酒，哪里挡得住少年的灵巧与愤怒？邹棉的拳头一下一下地打过来，赵大富趴在地上后挣扎着起来要还手，却刺激得邹棉更疯狂起来。

深夜一两点的路边，高瘦的少年疯了一样把一个喝醉的中年男人打倒在地。

一个年轻的女孩跌坐在角落哭泣，也不知道是什么人报了警，警察来的时候，邹棉已经打累了快打不动了。

赵大富躺在地上，一动不动，也不知道是晕倒了，还是死掉了。

警察冲上来把邹棉拉开的时候，邹棉的心里闪过一丝惊慌，但他看了一眼因为惊恐而醒了酒的姐姐，他又冷静下来了。

好吧。该来的，他不逃避。

接到医院打来电话的时候，秦桑的姑母秦燕妮叫上赵吉祥急急地往医院里赶，本来叫秦桑在家里照看着行动不便的赵如意，但赵如意非要跟着去，只能让她也跟上了。

看着鼻青脸肿还断了两根肋骨的赵大富的时候，秦燕妮再恨他，也只能先把心里那些气给先消了："你个死鬼，到底惹了谁被人打成这样？"

赵大富刚恢复意识没多久，浑身上下几乎无处不在的疼痛让他极度愤怒，完全忘记了自己是想占邹欢的便宜才挨的打："臭小子！老子要让他坐牢！"

"报警了吗？"

"警察已经把那小子抓进去了！"

"你到底惹了谁呀？"

"你别管！"

"我能不管吗？难道要你被人打死我才能管？"

夫妻俩没说两句，又吵了起来。秦桑扶着赵如意到一旁坐下，又去给她倒了一杯水。

"爸妈你们别吵了！打人自然要受惩罚，这有什么好吵的。妈你让爸休息一会儿吧，一见面就吵架你们烦不烦呀。"赵如意喝了口水，很不耐烦地打断父母的另类互动方式。

这时候，赵如意还不知道打自己父亲的人是邹棉，虽然不喜欢父亲的野蛮粗鲁又对母亲不忠，但还是觉得打他的人太过分了。

4

跑上天台大口大口地呼吸的邹欢气得浑身都在颤抖，邹棉进派出所已经快二十四个小时了，赵大富已经托律师提出了控告，刚才她接到了律师的电话，赵大富提出十万医药费和精神损失费。

简直是狮子大开口!

邹欢闭上眼睛努力平静下来，掏出电话拨通了赵大富的手机。

病房里赵大富看了一眼手机的来电显示，对一直守着自己的秦燕妮说：“我想吃东二街的馄饨，你打车去给我买一碗。”

“这么晚了吃什么馄饨？不是刚吃过饭吗？”秦燕妮嘟哝一声，但还是拿起钱包出去了，对于她来说，丈夫再不是，也是丈夫，是她的天。

“喂。”赵大富看着老婆关上病房门脚步声走远后，才接起电话，故意把声音拉得很长，这邹欢还真把他的色心都勾住了，既然软的不行，那就来硬的。

“有什么事吗？”

“你要怎样才肯放过我弟弟？”邹欢也不想跟他多说废话，一想到邹棉在里面不知道遭遇了什么，她便心急如焚。

“律师不是跟你说了吗？赔偿我医药费和精神损失我就撤诉呀。”赵大富很淡定，他不缺钱，他认为用钱能解决的事情都不算事情。

“我没有十万块给你!”邹欢几乎要吼出来了，“你知道我拿不出这么多钱!”

"那就用你自己还！"赵大富很平静地提条件，"你，我是要定了。否则就先让你弟弟在少管所待两年吧，小小年纪就这么暴力，不教训教训长大还了得了？"

"赵大富！你不要欺人太甚！"邹欢吼完这句，摁掉电话，蹲下呜呜哭了起来。邹棉不在家的这二十多个小时，她整个人都接近崩溃了。

夜色中，隔壁赵家天台上，赵如意紧紧地缩在小凉亭阴影处的柱子后面，用力地咬住嘴唇。因为站得有些久了，她右大腿里面钉了钢钉的地方在隐隐作痛。三个月的养伤让她的体形几乎下去了一半，她勉强能自己走路了，但身体里的伤口仍然时不时地疼痛。

但此刻她并不觉得身体疼痛。因为她的心更痛，原来让父亲受伤的人是他！原来，父亲有着那样龌龊的心思！

半夜，秦桑听到了楼下的动静，似乎有人在翻找什么东西，秦桑以为是有小偷，便起来去敲赵如意的门想告诉她，但赵如意的门是开着的，正有点纳闷，就听到了有人走上楼的声音。秦桑开了灯，看到赵如意拿着一纸包的钱走上来了。

"如意，这是……"那是好大一纸包钱呢，好像是前几天姑父收回来的店铺租金，赵如意拿这个钱做什么？

"不要问，不要管，不要说。"赵如意眼神里有与平时很不一样的决绝，"秦桑，就当我求你。"

"那……"秦桑犹像了一下，还是答应了，"那好吧。"

5

第三天，刚从学校回来的秦桑才走到二楼，便听到了楼上姑父在大吼大叫的声音："他妈的家里没贼钱怎么会不见？你个死婆娘你快说你把花哪去了？包小白脸去了？说！"

"赵大富你说话讲点良心行不？你住院这几天我离开过你吗？我连换洗衣服都是叫秦桑给我拿去医院的都没回来过！"秦燕妮简直被丈夫的话气得想扑上去揍他一顿。

医生说最好住院一周，但才第三天，赵大富嫌在医院里住着晦气要出院回家。回到家倒好，说让律师过来拿律师费，结果发现家里上周收回来的十万块钱店铺租金不见了！

"不是你还能是谁？好好的钱哪儿去了？秦桑？秦桑呢？把她给我叫过来！"赵大富大吼，本来对于妻子供这娘家侄女上学他便有些不满。小舅子身体不好他知道，可也不能让他这姑父帮忙养孩子呀。再说了，又是个姑娘，读那么多书做什么，初中毕业在乡下帮忙干活，留两年寻门差不多的人家嫁了就完了？非还得来省城读书！花的还是他的钱！

"你找秦桑做什么？这孩子在学校都是第一名，人学校是给她免学费的！你别找她事呀！"秦燕妮真是见不得丈夫对自己娘家人的小气样子，虽说现在自己不赚钱了，但这些家底难道她没份吗？过去地没被收购的时候，如果不是她起早贪黑地帮他盖了两幢房子，政府能给补偿那么大一笔钱？他能有本钱做生意开公司？

"姑母，姑父，我回来了。"秦桑倒也没有逃避，到了门口明明听到了他们争吵，仍然推门走进去了。

今天发成绩，她考了第一，比第二名的邹棉高了二十三分。

但所有的名字里，没有一个叫周衡的人。

他没有参加考试。他不在。他去哪儿了？他怎么了？

有一种难以言明的失落像雾气一样弥漫在秦桑的心底，好像怎么努力都驱散不了。

"秦桑，你有没有拿楼下保险柜里的钱？"赵大富语气严厉，问得十分直接，一双被苍老的脂肪压塌了眼皮的眼睛闪着精光盯着秦桑的脸。

站在一旁的赵如意看到父亲这个样子，不由得瑟缩了一下。

"我……我没有拿。"若在平时，秦桑并不会看向姑父的眼睛，不与长辈对视，于她来说是一种尊敬。

但此刻她勇敢地回望了他那双带着阴鸷与怒火的眼睛，她并不害怕，只是为他语气里的质问与怀疑觉得委屈与愤怒，她很认真地重复了一遍："我没有拿。"

"没拿？我家里没有外人之前十几年从来没有丢过钱！"赵大富被秦桑黑白分明的丹凤眼看得有点惊异，这小女孩，竟敢这样看他。

"你还小！不知道这样做的严重后果！如果是你拿的，还回来，一场亲戚没人会怪你！"

"我没有拿！"秦桑仍然看着姑父的眼睛，一字一句地否认。

6

"爸！你乱说什么呢？平时我给零用钱秦桑都不要！怎么会拿你的钱？你们应该想想是不是放错了地方，不要随便说谁是小偷！"赵吉祥看着整个人绷得快成了一根将断的弦的表妹，赶紧出言圆场，"秦桑绝对不是那种人！"

赵吉祥说完这话，还特意看了一眼神经十分不对劲儿的赵如意。赵如意太紧张的表现甚至让他想脱口问出赵如意是不是你这样的话。

但他没有问。两个都是家里的女孩子，冤枉了谁都不好。

赵如意感受到了哥哥的目光，紧张得浑身都绷紧，大腿断骨的地方又隐约地疼了起来，令她忍不住叫出声："哎呀！"

"怎么了？又痛了？哪儿痛？没好你在床上躺着呗你乱跑什么？"秦燕妮赶紧过去扶住女儿，见她脸色苍白一身冷汗，不禁责怪丈夫，"钱丢了就丢了！你没证据乱骂人做什么？家里人一个又一个受伤还不够乱吗？"

"都给我滚出去！"其实赵大富在意的不是钱，而是律师通知他已经收到了对方的和解赔偿金，既然收到了钱，邹欢自然也没影儿了。

回到四楼后，赵吉祥看秦桑的脸色苍白得不像话，咳了一声说："那个，你别管我爸怎么说，他那个人就那样。今天你又拿了第一，哥请你出去吃饭看电影怎么样？"

"哥，我不饿。"秦桑并不想出去。

"不饿也要吃中午饭，否则长不高。看如意比你能吃，她就快长到一米七了，你才长这点儿。就这么说定了。我上楼拿钱，你收拾一下等我，咱们去吃好吃的！"赵吉祥认为哄女孩子超简单的，带她去吃好吃的就行了。大不了再加看个电影买一堆零食，从小他就这么哄赵如意，即使之前揍了她一顿也没事，一哄一个准。

秦桑心知自己一百六十三公分的身高并不算太矮，但在明明同龄却都比自己高了不少的赵吉祥兄妹面前，自己确实属于个子小一点的。

这一天的早上虽然不太愉快，但下午在赵吉祥强行带着吃吃喝喝看电影中也算愉快地过去了。

傍晚到家的时候，秦桑手里提着姑母与赵如意爱吃的零食，还有赵吉祥强行给她买的一堆笔记本之类的文具，心情已经好了很多。

赵吉祥这样的男生属于那种外表很粗鲁说话也不怎么好听但是却很温暖的，知道她从不主动也不会贪心，在街上看到什么想起平时妹妹也爱买就会跑进去不由分说进去给她买。电影结束的时候，他要出去玩游戏，说女生跟着没意思，让她自己回来，又给她买了一堆零食，家里三个老少女生人人有份儿。

秦桑开门上楼的时候，脚步轻快脸色柔和。当然不会察觉隔壁家的天台上，有一个男生探出了半个身体往下默默地看着她。

7

看着秦桑的身影消失在门后，邹棉站直身体，慢慢地靠在围墙上。他俊美无双的脸上仍有些青紫未褪。

其实身体上的伤痕比脸上更多，他在里面待了两天，他很安分，不想再给姐姐惹更多的事，但那些人不肯放过他。

他不知道姐姐是从哪里借到的和解金，那不是一笔小钱。他很害怕，姐姐会因此丢失了什么。不管是什么，他都不再允许类似的事情发生。

所以，他给那个自称是他父亲的人打了电话。

他明天就会离开，带着姐姐。不管母亲是带什么样的心情离开那里，现在他要回去了，怀着变强大的愿望。

今天，大概是未来很长的一段时间内最后一次见到她了。说不伤感，是假的。刚才他一个人去了学校，悄悄地将那张写有她和他的名字的年级分数排名表揭了下来。

第一名，秦桑。

第二名，邹棉。

这是他的名字与她的名字，离得最近的一次。也许，也是最后一次。

"小棉，下来吃饭吧。"邹欢出现在天台的门边，看着靠在围墙上神情沉郁的弟弟，她有点不安，"怎么了？是不是伤口还很痛？"

"不是。"邹棉站直身体走了过去，"走吧。姐，吃完饭，我有件事情要和你商量。"

"好。"邹欢有些不安，"那个，那些钱的事情，你不用担心。我给她写了借条，她说什么时候还都可以。"

"是哪一个朋友？"令邹棉不安的，是姐姐始终不肯透露，借钱给他们的人的信息。

"呃。保密。"邹欢仍然没说，"小棉，抱歉，她让我保密。"

"好吧。那么你能答应我一件事情吗？"

"什么事？"

"在你结婚之前，不管我去哪里，你都跟着我。"

"当然呀。我不跟着你还能跟着谁？你该不会是交了小女朋友了这就想抛弃姐姐了吧？"

"倒真的有这个想法。毕竟你挺累赘的。可惜的是我还没有交到女朋友。"

"邹棉差不多就得了呀，我可是对你恩重如山的姐姐！你敢抛弃我试试！"

"女人就是善变！"

"什么女人？我是女孩！"

"女孩更善变。"

"邹棉，我看你是久不挨打皮痒痒了对吧？"

"抱歉。"

"没诚意。"

"吃完饭我洗碗。"

"这还差不多。"

前几日的阴霾一点一点地在姐弟俩的对话里慢慢消散，但邹棉心里明白，明天之后，前面将是更艰难的路。

隔壁天台上一点声音也听不到了，赵家天台门后，赵如意才慢慢地扶着墙，忍着疼痛，一步一步地往楼下走去。还没到四楼就看到了手里提着零食的秦桑。赵如意有一丝慌乱，她害怕被秦桑知道了一些什么。但早上秦桑没有向父亲说出她拿走钱的事情，她心里对秦桑还是有些感激的："那个，电影好看吗？"中午哥哥也叫她一起了，她以腿痛为由没去。

"嗯，好看。给你买了你喜欢的零食。"秦桑没有问赵如意为何上楼，只是走上去几步，伸出手扶住她往下走。

"谢谢。"赵如意的声音很轻，不知道是在谢谢她扶她，还是谢她给她带零食，或者是谢她早上被冤枉也没把她拿钱的事情说出来。

8

7月10日，星期五。

秦桑下午四点，就到了剧院大门外面等着了。

她知道，周衡会出现的可能性很小，但是，万一他来呢？

她不知道他的电话，也没有刻意去打听。害怕自己打电话过去后，对方会问你为什么打电话给我。

她想他，念他，记挂他，但却不敢让他知道她为何想他念他记挂他。

每天在姑父严厉冷漠的目光里等到今天，就是为了等这个万一。

姑父的目光让她更想念妈妈，想念爸爸，甚至很想念又臭屁又爱和她抬杠的秦茧。但是，她还是坚持等到了今天。

她告诉姑母说，她坐傍晚的火车回家去过暑假。其实，她买的是晚上十二点回乡下的火车票。四个小时的慢车，到县城的时候，也不过是凌晨四点，她可以在车站坐到天亮，再出发回家。

秦桑心里隐约知道，这不过是她自己一个人的约会。

他不会来。

她也不会进去。

她担心进去后，那两张票就会被收走。她不舍得那两张票。

所以，如果他不来，她自己一个人，也不会进去看。

五点，狠厉的阳光终于柔软了些许，广场上的音乐喷泉开始了。夏天的微风还带着阳光的炽热，秦桑坐在音乐喷泉广场边一棵树下，正对面就是剧院的大门。

她俏巧的鼻尖上有细密的汗珠，她喝了一口水，享受着水带来的一丝清凉。她知道自己太紧张了。他一定会来，不是吗？如果他不来，自己再紧张也没有意义。

她从书包里掏出那两张崭新的、她小心翼翼地看过无数次的门票，嘴角淡淡地浮起一丝微笑。

他不来也没有关系。

她知道自己来等过他，就好了。

这样的心情，她曾有过无数次，在第一次发现三班有个令她无法移开目光的身影之后，在发现那个少年的名字叫作周衡之后，在他忽然出现在自己的面前说来认识认识之后，她无数次，不怀任何期待地等待过他。

有时候他会出现，更多的时候他不会出现。

但不管他是否出现，都没有关系。她知道自己等的人是他。单单只是这样想，心里都是安静的。

深夜十一点，秦桑到达了火车站，她面容安静地检票进站，四十五分钟后，她开始排队上火车。

是的。他没来。

可是，像潮水一样弥漫在她心里的，不是失望，而是担心。

她不怕他不来。不怕他忘记来，甚至不怕他记得却又故意不来。

她只怕，那个让他不能来的原因是不是在他心里留下了伤痕。

9

每天帮着母亲采桑养蚕，中间兼顾着功课，整个暑假，秦桑闲下来的时间并不多。

更何况，她尽力地不让自己闲着，借了一些高三的书，自己仔细地学了一遍。

时间逼着她向前走。

开学前，秦桑提出说要住校，妈妈同意了，开学时还特意带了礼物与秦桑一起到姑母家做了解释，说学习太紧张，所以才要住校。

姑母有些不高兴，说秦桑住在家里她像对亲生孩子一样对待。秦桑就怕这个，最后又是解释又是道歉，哄了许久，姑母才信了她。

姑父正好也在家，说了句："搬走就搬走吧，又不是你生的，还能一直留着不成？"

走出门的时候，秦桑眼睛涩得厉害。章小素当然知道女儿是受了委屈的，但她没出声维护也没问。只说了一句，受了委屈，就忍着，自己更加努力。那些委屈，就自己过去了。

秦桑点头，把快要掉出来的眼泪忍了回去。

母女俩没有搭车，拿着行李，一路走到了学校。8月底的风还带着夏的炽热，路过一个商店的时候，章小素叫住女儿，走进去买了两根奶油雪糕，给了女儿一根，自己吃一根。

其实她不喜欢吃太凉的东西，但是，只给女儿买怕她独自吃觉得心里不舒服，所以给自己也买了。

母女俩就站在路边的一棵树下吃雪糕，少女的脸上露出淡若稚菊的纯净笑容，母亲也弯起眼睛，难掩风霜的脸上洋溢着浓得化不开的爱意。

马路对面，有一个正拿着相机的男孩调了长镜，"咔嚓"一声将这张吃雪糕的母女定格在胶片里。

男孩拍完后就走了，母女俩吃完雪糕，也离开了那里。

那张照片在晚上通过邮箱到达了周衡的电脑。发邮件的名字叫胡一桦，他还打了一行字："拿去吧，你的柴火妞在街上吃雪糕的照片。顺便说一句，你看女孩的目光好没品。"

他发完邮件后，有点后悔了。这样说周衡喜欢的女孩是不是不太好？周衡要是发飙怎么办？不管了，离得那么远，他发飙还能跑回来揍他不成？

高三新学期一开始，就有两个消息在九中女生中炸开了。

第一个消息是，周衡家里有事去了国外，由律师来办理了退学手续。

第二个消息是，邹棉也退学了。听说邹棉居然是一位富豪流落在外的唯一继承人，已经转学去了贵得要死的私立贵族高中了。

关于邹棉的消息，秦桑对他的记忆很淡，大概就是一个既是邻居又是校友的同学。就连他在天台上给自己的那个笔记本，也因为随后就被赵吉祥拿走而渐渐淡去。

倒是关于周衡的一切，每一个字，都像刻在她心上一样。

家里有事，是什么样的事？

去了国外，去了哪一个国家？

由律师来办理退学手续，那是全家都去了国外吗？是移民吗？还是，因为其他的什么事情？

好揪心。

揪心得只要听到或者看到周衡的名字，心脏都会跳动一下。

是的，她知道，心脏是无时无刻都在跳动的。但与他名字相关的那一次跳动，就是不一样。

10

时间在埋头功课中飞速地过去。高考似一把刀，白光一闪便将没有周衡之后到高考之前的一年时光生生斩断。

身边的人，不管是老师还是同学，好似都在兵荒马乱，只有秦桑淡淡的，如以往一样，教室、食堂、宿舍三点一线。

在学校里，已经连扫地大妈都认识秦桑了。任何考试，即使是市里的竞赛，她再没有落过第一名的位置。都在说，九中今年要出一名高考状元了。

只有秦桑自己，淡定得不成样子。

她走路永远不急不缓，脸上的表情淡而安静，有人与她打招呼，会温和地应答，总觉得她很好亲近，但又觉得她心在遥远的地方，内向幽深不可接近。

她心里有很深的遗憾。

周衡，这一年来，唯一的不完美，就是身边少了一个你。

高考完之后，整个学校都疯狂了，有好多同学撕了资料书和试卷从楼上往下扔，宿舍里都是喧闹，还有人把告白写在床单上挂在走廊外面。

在这一片喧闹中，秦桑一边有一句没一句地与几个来与她讨论答案的女生聊着天，一边慢慢地收拾自己的书。

这一本，有一道题目与他讨论过。

这一本，有一个知识点是他提醒过的。

这一本，有好几道题目他都说了另一个更有意思的解题方式。

这一本，是他特意拿来送给她的书，讲物理讲得特别有意思。

好奇怪，那么多明明有可能一辈子都不再用得上的书，却都与他有关。

时间真的可以冲淡想念吗？如果可以，为何时间过得越久，她的心里却念他越深？

"秦桑，收拾好了没有？"赵吉祥忽然出现在教室门口，他属于那种一考完就把全部的书都扔下楼的，所以他身上连个空书包都没有，径直走到秦桑面前看着她收拾要带走的一堆书皱眉，"这些书还有用吗？带回去干吗？那么重。"

"用了几年，我不舍得扔。"秦桑看着又长高壮了些的赵吉祥笑，"谢谢你来帮我搬。"

"女生就是麻烦。"赵吉祥一边抱怨着一边拿出一根绳子，三下两下把秦桑的书都捆好，一手一大捆往楼下拎。

"谢谢哥。"秦桑把剩下的几本书装进书包，和同学说了再见，快步跟着赵吉祥下了楼。

"哥，你要带我去哪里呀？"

考试前赵吉祥就过来找她，让她考完后等他，说要带她出去。

"问那么多，跟着我就行了！"赵吉祥没好意思说他想带表妹去买衣服，他知道舅舅家的家庭条件不好，表妹一直很节俭，整个高中都没见她穿过校服以外的衣服，马上上大学了，总得买几件。

上次家里丢钱冤枉了秦桑的事情，作为姑母的他妈应该给小姑娘买几件衣服，但他妈那人，心比他这个男人还粗，就知道给钱，给钱秦桑一般都不会要好吗？

"秦桑！"走到校门外的马路边，秦桑正站在赵吉祥身边，两人有说有笑正在等出租车。听到有人叫自己，秦桑回头的时候，脸上还带着一抹笑意。

少女淡雅又清新的笑容很美，邹棉觉得自己的眼睛好似都要被她的笑晃花了。

漂 洋 过 海 来 看 你

第五章

原来，世界上真的有那样一个人，
只要想起他，心里就会开满花。

1

"你好。"看着似又长高了许多的俊美男孩走向自己，抱着书包的秦桑打了个招呼，"好久不见。"

邹棉身上多了一股气质，如果说他以前只是个俊美的内敛少年的话，那一年后的他是这样的：仍然俊美，仍然内敛，但无形中却多了一股进攻的气势，上位者的光芒虽然被他刻意隐藏，但却难掩杀气。

"我有点话想和你说。"邹棉对秦桑说着这句，眼睛却看了一眼赵吉祥。他看赵吉祥不顺眼，尽管他知道赵吉祥只是秦桑的表哥。

他也知道赵吉祥看自己不顺眼，甚至为这不顺眼一年前与他打过一架。

虽然他不知道这原因是什么，但最好不要是对秦桑有那种意思，否则……

"有什么话就在这里说吧。我是她哥，是她的监护人。"赵吉祥偏偏就和邹棉杠上了，有些事情，他一直知道，但是不能说出来。

比如说他那个傻妹妹居然喜欢邹棉这样长了一张骗女孩的面皮里面却是一只狐狸的怪小子，比如说这个怪小子根本不知道他那傻妹妹是谁反而总是想对他的乖表妹下手。

"她成年了。"邹棉没再看赵吉祥一眼，而是用他漂亮的眼睛紧紧盯着秦桑，不想放过她的任何一个表情，"就在街尾的咖啡馆，二楼。我等你。"

仿佛怕她拒绝那般，邹棉说完就转身离开，脚步飞快。

秦桑转身看着一脸不赞同的赵吉祥："哥，你等我一会儿行吗？"

"我们一起去，我在一楼等你。我正好想喝咖啡。"赵吉祥翻了个白眼，不忍心拒绝秦桑。反正秦桑也不见得很喜欢那个小子，去就去吧。

此刻的邹棉内心是极忐忑不安的。

过去这一年，他和姐姐在梁家引起了多大的风浪只有他自己知道，而这风浪带来的冲击与动荡是如何难以承受，也只有他自己知道。但是，他不怕那些。他要的，不过是护姐姐安好，不过是再也没有人对他们姐弟随意欺侮，不过是更有实力面对即将要面对的这个女孩。

"喜欢喝茶吗？"看着秦桑有点不安但是却坦然地坐在了自己的对面，邹棉心里暗暗为自己的紧张而羞耻，他动手给她倒茶，却忽然醒觉自己对她了解甚少？她喜欢什么？

"嗯。偶尔提神的时候喝一点。"需要做功课到深夜的时候，她喝浓茶。秦桑虽然好奇他要和自己说什么，但还是平静自然地回答了他的话。

"我很喜欢你。"邹棉忽然说了出口，而且不是我喜欢你，而是我很喜欢你。

这种直接，他自己说完之后，都稍稍有些吓了一跳，但整颗心忽然又松了口气，终于说出来了。

但瞬间的轻松过后，他的心脏随即又提了起来，她会吓跑吗？

2

邹棉的眼睛，从秦桑进来后就直一盯着她，他把这咖啡馆的二楼都包下来了，所以有些肆无忌惮。过去这一年，他来校门口悄悄地等过她几次，从来没有见过她。后来才听说，她住校了。

对面的女孩，长高了一点点，皮肤变白了一点点，似又瘦了一点点，那双大丹凤眼显得更大了些，眼眸漆黑如墨，幽深而又清澈无比。

秦桑愣了半秒，才轻轻"啊"了一声，表达了她的惊讶，随即她的眼眸里闪过一抹慌乱："抱，抱歉。"

"能不要先拒绝吗？"邹棉忽然笑了。他的五官十分俊美，笑起来的时候更是好看，"毕竟，按照我们国家的恋爱标准来说，我们还太小。嗯，有点。"十八岁，不算小了。

"抱歉。"秦桑终于从惊讶中回过神来，忽然间她明白了一年前天台上他放在围墙上的那个笔记本所代表的含义，她思绪有些慌乱，但内心一片清明，"抱歉。我不能喜欢你。"

她竟然这样快就说出了拒绝，原本还坐得有些慵懒的邹棉蓦地坐直了："为何？"

"因为，我已经有喜欢的人了。"秦桑回答得很坦然。

喜欢一个人这件事情，她从来没有向任何人承认过，但此刻忽然说了出来，她并不觉得自己难受，反而觉得这句话一出口，高考过后那一股似乎怎么也无法排解掉的抑郁之气淡淡地散了开去。

"……"邹棉很想问一句，为什么？又想求一句，就不能试着也喜欢我吗？或者霸气地说一句，我会让你喜欢我的。

但他什么也没有说出口。

只是静静地看着对面的女孩站了起来，向他点头说了一声再见，然后消失在楼梯的角落。然后，听到楼下赵吉祥问："说完了？"听到她回答："嗯。"

她的声音好轻呀。轻得像空气，看不见，摸不着，但是，没有了便觉得窒息。

关于邹棉与秦桑说了些什么，赵吉祥从秦桑的脸上看不出来，所以他开口问了："他找你有什么事？"听说邹棉是很著名的梁氏集团的继承人，谁能想到呢，那个在城中村里租房子住的姐弟俩，居然有那样显赫的身世。

"没有说什么。"秦桑自然不会告诉哥哥邹棉向自己表白的事情，"哥，你到底要带我去哪里呀？咦？我的书呢？"

"刚才我打了辆车，给了车费，让司机帮我送回家去了，我让我妈到路口接。走，咱俩逛街去。"赵吉祥可不想提着两捆书陪妹妹逛街。

"逛街？"秦桑有点不明白，但当赵吉祥把她带到了专门卖女孩衣服的专柜让她随便挑的时候，她才醒悟过来，"哥，你要给我买衣服吗？"

"不行吗？"赵吉祥有点不好意思，"快挑快挑，我饿了，要去吃饭。"

"哥，我有衣服穿。"她是有打算买衣服，但是这里真有点贵。

"校服算衣服吗？"赵吉祥很大爷地坐在沙发上，叫售货员，"这位姐姐眼光好，麻烦你给她挑两身衣服。"

3

"好的。"售货员以为这两位是小情侣，眼里闪过羡慕的笑意，"小妹你男朋友对你真好。"

"他是我哥。"秦桑有些不好意思地笑，赵吉祥确实是个大暖男哥哥呀，将来的嫂子一定会很幸福的。

"你哥对你真好。这两套怎么样？一套是今年的夏装，一套是新上市的秋装，烟灰粉配白色，很适合你呢。"

"这个……"作为一直以来囊中羞涩的女孩，秦桑没忘要去看一看价格标签，赵吉祥却拍板了："去试试，合适的话就这两套吧。"财大气粗这一点，他真是与他的父亲毫无二致。

这个少女服饰专柜对面的走廊，一个拿着相机的男孩正举起镜头对着店里正换上新装的秦桑和点头打算付钱的赵吉祥一通狂拍，一边拍一边还喃喃地抱怨："人女孩早有男友了！人还土豪体贴得很！多拍点！让你看到吐血！让你跑那么远还祸害我！叫我来帮你拍意中人的照片，这种跑腿的事情是我做的吗？"

他是周衡的朋友胡一桦。

当初周衡的第一名被秦桑取而代之时，他使劲儿嘲笑他。

之后惹得周衡决定去认识一下那个叫作秦桑的女生，那时候，他怎么也没想到，那一次他看似无意的玩笑，让那个女孩住进了某个人的心里。

然后，在一年之后的很长一段时间里，胡一桦变成了"胡打听"，因为他被远在海外的周衡各种威逼利诱去打听有关于秦桑的情况。包括，像今天这样鬼鬼祟祟地拍她高考后的活动照片。

他心不甘情不愿，但是，姓周的总有各种办法让他各种屈服就范。

晚上，胡一桦一张一张地往邮箱里上传照片，给每一张照片都起了无比惹人火起的名字：把秦桑和赵吉祥出去说成高考后的定情约会，把买衣服说成霸道土豪买买买哄女友，把一起吃饭的照片说成甜蜜互相喂食……

把这些加了无节操说明的照片发到最后，胡一桦自己都差点儿要吐了。

本以为那边会大发雷霆与他绝交的，毕竟据他从电影里的理解，像周衡这种暗恋他人却又不在身边的异地狗一般都有一颗风吹即碎的玻璃心。

可他满怀期待地等了半晌，那边回了一句收到，还有一串游戏装备登录码，就没音了。

这就完了？一点情绪也没？

胡一桦收下那些游戏装备，心里有点惴惴不安：周衡该不会飞回来吧？太不安，他又发了一封邮件问："伯父伯母好点没？"

"没。上周六父亲停止了呼吸。"

周衡冷静地在电脑上打下这行字，点了发送，之后合上了电脑，把视线移回病床上的母亲身上。

她这周也虚弱了许多，他预感不太好，所以这一周都在病房里守着了。

一年前那场舞台剧，她去了吗？那时候还没有联系上胡一桦，他根本没有办法得知她的情况。

遗憾的是，他没有去。

4

周衡买那两张票的那天，接到了父亲的电话，他很兴奋地说，和母亲在滑雪，真是玩得不要太开心，问他羡慕不羡慕。

和以往一样，他对他们表示了羡慕和妒忌，然后他让他和母亲说一句话。

一周之后，期末考前的那一天晚上，仿佛母亲抢过电话对他说"亲爱的阿衡"的声音还在耳边，电话那头的人变成了冰冷而遗憾的英文，他们说，他们的滑雪场出了意外，有雪崩，他们被埋了。

订的是第二天一早的机票，他和钟小姐、周先生一起来了。

上帝应该是在那一刻闭了眼睛吧，搜救队找到他们的时候，他们已经双双拥抱着深度晕迷了。

一直游走在全球各个角落里的一对眷侣，忽然一动不动地躺在相邻的病床上，不管他和钟小姐与周先生如何叫唤，都不曾醒来。仅仅只靠着各种仪器维持生命体征。

周衡不肯放弃。钟小姐与周先生更不肯。这一年以来，三人便在这里轮流守着，叔叔与姊姊飞过来看了两趟，但睡着人的毫无醒来的意思。

上周六，父亲在睡梦中悄无声息地走了。真是个自私的家伙，连一声再见都没舍得醒来对他说。

那一天，母亲的生命体征一直很糟糕，但到底撑过来了。

周衡想，对于父亲没有再坚持，母亲一定是生气的。

周衡希望，这生气能够让母亲撑过最艰难的时刻，甚至转危为安。

很小的时候，他曾经因为父母亲只顾自己因爱到处跑享受二人世界而把自己丢在家不满，他一度做过很多幼稚的与父亲抢母亲的事情。

"喂，周衡，那是我老婆，必须和我睡一个房间。"对于抢老婆这件事情，父亲一直很幼稚。

"但是她是我妈妈，她一年才回来陪我几天，她其他的时间都和你在一起！"那时候的他虽然小，但思维敏捷，不肯吃亏。

"妈妈只是其中一个身份，她是我的妻子，法律规定她必须和我待在一起。而法律也告诉孩子们都需要独立。而且，你自己睡觉快点长大，然后你娶了妻子就有人陪你了。"父亲幼稚又中肯地给了他建议。

"我长大以后娶妈妈！"

"那你得问我答应不答应！"

"我要和你决斗！"

"好。决斗赢了的人就和妈妈睡！"

结果那个无耻的父亲一点也没让他。

结果他输了，然后他得到了母亲一个大大的吻，但是母亲还是被父亲抢走了。

现在周衡回头想想，他能健康乐观地长这么大，也许就是因为父亲母亲不管是否在他身边都很恩爱的影响，他们爱对方胜过爱他这个唯一的儿子，但是周衡量觉得并无不妥，父亲爱母亲就是爱他，母亲爱父亲也是爱他。

只是，在这一刻，他觉得有些不公。为什么那样好的人，需要以这样的方式离开这个世界。

"阿衡。"忽然有人叫他，周衡猛地睁开眼睛，惊喜地握紧母亲的手。

"妈妈，你终于醒了！"

5

"阿衡，你哭了吗？"苍白的妈妈看起来也很美，周衡做过她终于醒过来的梦，此刻他有些分不清楚是现实还是梦境，只能紧紧地握住母亲的手，对她露出一个含着眼泪的微笑："没，妈妈。我很高兴。我帮你叫医生。"

"不用叫医生。阿衡，你要坚强。"

"阿衡，抱歉，我爱你。我也爱你的父亲。"

"再见，阿衡。"

不。不要。不要说再见。不要走。不要离开我。

周衡觉得，自己真的在狂喊了，但无法出声，像留不住父亲一样，他也留不住母亲。这种感觉令他无比挫败。

"阿衡。阿衡，醒醒！"钟小姐的声音似远若近，周衡忽然张开眼睛，他动作很大地从椅子上站起来，差点儿撞到了叫醒他的钟小姐，他顾不得那么多，紧紧握住母亲的手："她要走了，快叫医生来，快！快！"

医生也没能将母亲从那个告别的梦里救回人间。

周衡直直地站在一旁，仿佛看到母亲微笑的灵魂轻轻地离开了她的身体。

周先生一手抱着钟小姐，一手搂住孙儿的肩膀。

周衡呜咽着抽动自己的肩膀，而周先生一动不动站得笔直，姿势与上周痛失爱子时一模一样。

他还有妻子与孙儿需要保护，他不能倒下。

那天之后，大约有几个月的时间里，周衡一直很低沉，只有偶尔看到胡一桦拍的那几张不甚清晰的秦桑的照片时，才会觉得好一点儿。

看到她的笑容真好。她应该考得不错吧。

肯定的，她那样聪慧，又那样努力。

那个对她那么好的赵吉祥，真的只是她的表哥吗？

这一年多来，他的精力被卧病的父母分散了，还在修学分申请哈佛大学。

父亲与母亲先后去了天国后，周先生和钟小姐决定回上海去。他们想上海了。

周衡把他们送上飞机，自己留了下来继续读书。

父母去了另外的世界，他们也总要继续自己的生活，毕竟坚强地活得更好，是彼此的愿望。

在是否跟着周先生与钟小姐回国这件事情上，他真的郑重考虑过。

如果回去，他势必要重新参加高考才能上大学，他能保证一定会考进她所在的那所大学吗？而且，晚她一年考进去，就成了她的学弟，有点不愿意呢。

对了，她去了哪一所大学？

一分钟后，正在玩游戏的胡一桦接到了周衡的越洋电话："喂，她去了哪所大学？"

"谁？哪个她？我怎么知道？"胡一桦还在游戏里拼搏，智商根本没上线。

"胡一桦！没有我的帮助，你是过不了最后一关的。现在先告诉我，她去了哪一所大学？"

"周衡？！"胡一桦这才反应过来，周衡这家伙要有好几个月没有联系他了吧。"喂，我以为你挂掉了！这几个月你是失恋去泡洋妞了吧？我说你，洋妞不好吗？比国内的柴火妞有看头好不好？"

"她到底在哪所大学？"

"还能在哪个？当然在北大清华呀，笑话，我们这儿的高考状元呢，当然是北大清华抢着要！"

"说人话！"

胡一桦好似都听到周衡磨牙的声音了。

6

"中科大！"

"中科大？"周衡轻轻地锁起了浓密好看的眉，不是说高考状元吗？为什么不上北大清华而去了中科大？

"也许是因为她更喜欢中科大？"又不是自己喜欢的妞，他才不会关心太多，只听说北大清华她都没有去，而去了中科大。

"给你三天时间，去打听她的电话。"周衡懒得多说，直接下达了命令。

"凭什么呀。自己的妞自己泡！"胡一桦看着忽然打来却又忽然挂掉的电话，很不以为然地继续玩游戏去了。

这一天，他在这游戏里取得了超凡的成就，一路过关斩将，一跃成了排行榜上的老大，他为此很是自鸣得意了一段时间。

但两个月后，忙完了入学相关事宜并且完美地适应了大学生活的周衡一个越洋电话打破了他的美梦："给我她的电话。"

"谁的电话？"

"我两个月之前就托你去打听的她的电话！"

"呃……"

"你把这事忘了？"

然后，他的好不容易当成了老大的账号就被人悄无声息地盗了，那个家伙把他好不容易赚来的装备与技能在一个小时内败得精光，更恐怖的是他居然不断地去挑战对手然后等着被杀一直在降他的等级，然后呢？

然后，为了保住账号，他就马上出门去了。

"喂，阿衡，秦桑家里经济不太好呀，所以她才去了中科大。因为中科大承诺不收她的大学学费。"

"我要电话！"

"你又不在国内，我这样的学渣根本就没有认识的人在那么好的大学里好不好？"

"那你就给我去找！"

再一个月之后，刚从图书馆里走出来的秦桑面前，忽然出现了一个表情奇怪的男生，他一脸不爽地把一个电话递给她面前，很不甘心又很恭敬地说："秦小姐，请你接个电话好吗？"

"电话？"秦桑一脸不解，这个男生好似有些眼熟，但她并不认识他，"我们认识吗？"

"不认识。"这一个月来，被周衡几通电话折磨得毫无斗志，现在还被逼着跑了百多公里送电话的胡一桦都快要哭了。"但电话里那位爷你认识。”

秦桑眼带狐疑接过了那部手机，很小心地把手机放到耳边，轻轻地"喂"了一声。

听到她的声音的那一瞬间，周衡有点恍惚，然后忽然轻轻地笑出声来："秦桑，是我。周衡。"

"啊。"秦桑轻叫一声，猛地将手机握紧，手指碰触到了键盘，"嘟"的一声长响，自己又被吓了一跳。"抱歉。"

周衡嘴角的微笑更大了："我现在在剑桥市的哈佛大学。我们学校有给优秀学生的全额奖学金，你要来申请吗？"

"啊，那个，我没有申请过。"

"你也申请来吧。你那么优秀，你一定可以的。"

他的声音笃定又毫不怀疑，且充满了期待。秦桑心里那些原本悄悄沉睡下去的种子，忽地被他的声音一一叫醒，须臾间冒出了幽绿的芽。

7

背书艰难吗？

对于基本背下了整本英文词典，每天听英文广播听到耳朵发痛的秦桑而言，真的不算难。

掌握过万词汇量顺利通过雅思考试难吗？

对于除了睡着的时间就在努力背单词的秦桑来说，也不难。

接到周衡电话的四个月后，她就通过了雅思的考试。再三个月后，她收到了来自美国马萨诸塞州剑桥市 Harvard University 的入学邀请。

一切顺利得让秦桑觉得有点蒙。

申请留学签证时秦桑是自己去的。过于沉溺于功课，过于沉溺于想靠近他的结果是，她与同学舍友的关系都不错，但没有特别要好的朋友。

她喜欢安静地看书做事，即使参加了聚会，也只会安安静静地坐在一旁，内心再波澜壮阔，到了她的脸上，有时候也只不过是一个皱眉或者一个微笑。

就好比她静悄悄地背牛津词典，她静悄悄地高分考过了雅思，她静悄悄地收到了哈佛的入学邀请，然后，她一个人静悄悄地去准备签证。

她还没有告诉家人她想要出国的事情，能确定的是，路费也许会成为妈妈的负担。

怀着会这样的忐忑，她坐在了签证官面前。签证官是一名中年的金发男子，他有一双蓝色的眼睛，眼神十分锐利。

秦桑的英语说得很好，英文广播里学来的口音与语气，几乎完全挑不出毛病。当回答"你为什么想去美国留学"这个问题的时候，秦桑按照之前在网上做的功课，背诵了一大堆堂而皇之的理由。

她背得很好呀，毫无错漏的地方，理由也没有什么破绽。

可是，那一双蓝色的眼睛闪过一丝遗憾，对她说了抱歉。

从大使馆出来后，阳光明晃晃地照在秦桑身上，可她一点都没感觉到暖。

申请签证被拒绝了。

周衡在邮件里问她：秦桑？入学申请还顺利吗？今天我向我们教授说起了你，他不相信有这么了不起的中国女孩呢。

秦桑是这样回复他的：抱歉，雅思没有考过。

雅思没考过吗？怎么可能？但是没关系。你会再考一次的，对吗？

是。

打下这个是字的时候，秦桑的眼泪都快要流出来了。

那之后的两年，这样类似的对话，在她与周衡的邮件里重复了无数次。

这两年里，她假期打工赚够了路费。

这两年里，她考了三次雅思，成绩一次比一次好。

这两年里，她去申请了四次签证，被拒绝了四次，一次比一次紧张，一次比一次遗憾。

她不知道这两年里，周衡是以什么样的心情给她发邮件的，当他打下"你会再来一次的对吗"这句话的时候，他一定都烦了吧？

第六次，当那名明显已经认得她的签证官眼睛里又闪过"我很抱歉"的神色的时候，秦桑崩溃了。

她的眼泪忽然大朵大朵地往下坠落，她的声音再不是背那些堂而皇之的留学理由时的字正腔圆，她哭着说："不，不要拒绝我。因为他在哪里！所以，我必须要去。我是蒲公英的种子，他是我的土。我从很远的乡下飘到了这里，也是为了他。只有走近他，我才会长成植物，才会向这个世界开出花。"

8

说完这段不是理由的最大理由之后，秦桑泪如雨下泣不成声。

她想，她完蛋了。

她一步一步地走到了这里，却从此再也无法走近他了。

然后，她泪蒙蒙地看到了签证官的微笑，然后，她看到签证官的印章盖了下去，"啪"的一声，像印在她的心脏上。

她直到回到宿舍，整个人还是恍惚的，只记得好像跑到楼下的电话亭那里，几乎不用思考地第一次拨通了周衡的越洋电话。

那是下午四点，那边接起电话的声音，睡意正浓："hello……"

"阿衡！我通过签证面试了！通过了！"

兴奋地说完这一句后，理智渐渐回到了她的身体，秦桑拿着电话，愣了：刚才，她叫他的名字了？

"是吗？太好了！"周衡猛地站直了身体，碰倒了旁边的台灯，"哗啦"一声响，心里却温柔地在动，"秦桑，你的意思是，你要来美国了对吗？"

是的。她要去美国了。

她要去美国马萨诸塞州剑桥市了！

她要去哈佛了！

她要去有他的国家有他的城市有他的学校了！

她好幸运！

要出国的事情，秦桑特意回家一趟告诉了父母。

父母先是惊愕，但随即是欣慰的高兴："你真棒。太好了。"

秦茧有点不高兴："出国要很多钱的，你知道妈妈有多辛苦吗？"

"有奖学金，如果足够努力，还能拿到全额。我会努力的。妈妈不用负担我的机票钱，我这两年打工攒够了。倒是你，在我回来之前，要好好照顾爸爸妈妈。"秦桑看着个头快有自己高的弟弟，心里有些歉意，读高中之后，家里的事情秦茧比她经历得更多。

"不用你啰唆。"秦茧刚上高中，他贪玩，成绩不太好，整天被教过姐姐的老师们训话："你有你姐姐一半用功我们做梦都能笑醒！"

他心里是为姐姐骄傲的，但嘴上始终都有小小少年的骄傲。

出国前一个月，她去拜访了姑母。

姑父仍然没有回家，姑母似又老了些，听她说要出国，便开始数落："怎么女孩子都想出国，你们到底想干吗？如意也说要出国，你哥你想让他出国他都不去，整天就知道玩电脑混吃等死！"

数落归数落，临走前，硬往秦桑兜里塞了几千块钱，秦桑说不要，她气得脸都红了："再敢说不要我扇你呀。"

秦桑轻轻说了声谢谢姑母，想伸手拥抱她一下，却被她大力抱住了："到了那边要是不好就回来。一个女孩没亲没戚的跑那么远。"

"我会努力的。"秦桑鼻子有点发酸，姑母总是很粗鲁，但这一个拥抱，好像能治愈很多的小伤口。

回到北京后，她把自己考雅思的资料与笔记还有签证面试的经验都打包寄给了赵如意。她不知道赵如意为什么要出国，是否也与那个她心里喜欢的人有关，但是，通过努力走得更远，看到更大的世界，没什么不好。

9

双脚踏上美国的土地的时候，秦桑还有点恍惚，跟着路标往出口走的时候，她心里想的是一会儿打出租车的时候要如何还价，或者干脆去搭地铁更安全？

"秦桑！这里！"

那个穿着一件灰色 T 恤与蓝色牛仔的高大男孩灿烂地笑着，兴奋得几乎要蹦起来一样向她招手。接机的人熙熙攘攘，可他就像会发光一样，完全吸住了秦桑的眼神：他怎么会来？

她只在邮件里告诉了他机票的日期，并没有说是哪个具体的航班。因为她并不期望他会来接她。

她完全没有想到一下飞机就会见到他。所以她呆愣了一会儿，才微笑着向他走过去："嗨。"

"过来过来！"周衡站在警戒线外，双臂张开，似要拥抱她一般。秦桑有些紧张，但幸好他的手落下时，只接过了她的行李。

秦桑心里松了一口气，但又闪过了一丝遗憾。

可那丝遗憾，很快就被满心满怀的欢迎密密地盖住：已经见到他了，与他呼吸着同一方天空的空气，与他在同一所大学读书，会去同样的图书馆，会去相邻的实验室，会经过相同的一棵树下，会路过同一朵盛开的花。

以后，她又能与他经常遇见。每次遇见他，阳光总是很好，雨也很美，风也不烈。

真是没有什么比这样更好。

原来，世界上真的有那么一个人，只要想起他，心里就会开满花。

"那个，我刚巧来机场送同学。想起你今天到，就查了北京来的航班，等了你一会儿。"周衡推着秦桑并不多的行李，眉目间都是笑意，"长途飞行累吧？饿吗？要先去吃饭吗？"

事实上，他一早就来了，等了五个小时。他看得见她眉宇间的疲惫，却依然想与她一起午餐。她的脸看起来还是像以前一样光滑又有些苍白，大丹凤眼清澈透亮波光潋滟。

呃，她好像比以前更好看了。

"我想先休息。"秦桑回答得有些小心翼翼，坐了十几个小时的飞机，她现在感觉脚步都有些虚浮，她知道自己本来便不完美，但却又很介意他见到自己更糟糕的一面。

"好。"她的小自卑，看在周衡眼里，成了似是而非的不情愿。他脸上笑意依旧，只是眼神闪过一抹不易觉察的失落。

一切都很顺利。与教授见面。认识教室。填写相关表格。

周衡似乎对一切极其熟悉并且对她帮助得恰到好处。

有好几次，一起在路上遇到了他的同学，他们说：嗨，你女朋友好漂亮（迷人、可爱）之类。

秦桑想帮他否认，却只觉得好尴尬。

周衡大多只是笑，遇到想约秦桑晚餐的，会答一句：嗨，她已经有男友了。

她没有男友。但是，秦桑却也张不开口解释说我没有男友。因为那也许周衡就只是随口开一个玩笑。

只觉得心密集地跳着，有一种要落泪的幸福感。

竟然站在了他的身边，竟然看到了他生活的世界，竟然与他有了交集。

她真的，太幸运了。

"秦桑，给你开一个欢迎派对怎么样？"周衡挑起好看的眉毛建议，"我把我的朋友介绍给你认识。"

10

秦桑拒绝了。

她知道自己是一个无趣的人，不开朗，更不活泼，她不能确保自己不会在为她开的派对上呆愣愣地坐着让大家都觉得很无趣。

"秦桑！我们有舞会！你要一起去不？"周衡敲开她的门这么叫她的时候，有几个他的朋友，穿着漂亮的裙子，化着闪亮的妆容在一辆路边的跑车上等着他。

"我还有功课没有做。"秦桑摇头拒绝。

可那天晚上她没有做功课，而是把白天买来的新鲜桑葚做成了果酱。

留学生宿舍是那种旧式的两层小楼，秦桑的房间竟也是单独的，就在周衡房间的楼下。她搬进去那天，有好几个周衡的朋友来帮忙。其中有一个叫卡洛尔的法国男孩，一双湛蓝的眼里充满了幽怨，用法语对周衡说："你大费周折让我搬出去腾出这个房间就是为了给她吗？"

周衡眼带笑意地看着正在收拾书架的秦桑："她值更好的地方。"

"周衡你是个怪物。"卡洛尔无奈地翻了个白眼，周衡这意思是还嫌他腾出的房间不好？

秦桑在忙碌着整理书架，耳朵却是灵敏的。她能听出来周衡和那个男生在说法语，但她不知道是什么意思。她决定，从今天开始，她要多学一门外语。

要适应学校的节奏，还要学法语与日语。秦桑很快忙碌起来，每天大部分的时间都是在图书馆、教室、实验室。

她在努力地适应这里的学习生活，留在宿舍的时间并不多，但只要她在房间里的时候，除了亮起了灯，里面几乎什么声响都不会有。

偶尔周衡回来时看到她的灯亮起，会敲门问一句："嗨，今天还好吗？"

秦桑总是说："嗯，我很好。"其实她也想问一句他，你呢，你今天仍然一样顺利一样开心吗？

话在胸中转了千百回，最后变成了一句晚安明天见。

周衡朋友众多，屋里的动静总是热闹不断。

而她孤静内向，与谁都只是点头打个招呼的关系，所以，屋里也清冷寂静。

秦桑在自己的房间里，不管做什么都尽量放轻声息，她像一只警觉的小猫一样竖起耳朵听楼梯与楼上的动静。

这幢小楼的楼梯和地板都铺了厚实的原木，凝神细听，许多声响都不会错过。

于是，她听见学英国文学的由美子来了，听见学化学的蒙西卡来了，听见周衡实验室的韩慧慧来了。还有，在美国另一个州留学的朱米婀也偶尔来。朱米婀性格开朗，和周衡的朋友玩得很好。

由美子总是穿小靴子，蒙西卡喜欢穿拖鞋，而韩慧慧最爱超高跟。朱米婀喜欢穿休闲运动鞋。

她们，都很有活力。

她们进了门，从这里走到那里，从周衡的背后走到周衡的面前，说得高兴时偶尔会撒娇似的跺一下脚。

似乎周衡屋里所有的细节，秦桑都好清楚。

偶尔，周衡会在房间里开派对。那样的话，来的人就更多了。声音杂乱得她就快分辨不出来周衡的脚步声在哪儿。

直到那熟悉的脚步声忽然走出了门，踩着欢快的节奏噔噔噔地跑下楼敲她的门："嗨，秦桑，反正我们那么吵你肯定也睡不着，上去一起玩吧。"

秦桑还是摇头拒绝。

漂 洋 过 海 来 看 你

第六章

不断地努力就能够靠近你了解你的世界，真好。

1

秦桑在哈佛表现不俗，功课很好，聪慧灵敏又有自己的想法，做事十分认真，许多教授和同学对她这样认真努力的女孩子印象不错。

可她依然像以前一样寡言内向，于人多的地方总是格格不入。

小的时候，是因为自卑。

再长大一些，是因为需要安静地对付功课。

到了现在，已经成为一种习惯了。

最重要的一点原因是，她怕自己的内向，会对周衡造成困扰。

"真是个乖巧孩子，吃点东西再看书吧。如果我们这么吵你还看得进书的话。"似已经习惯并且早已料到她会拒绝，周衡塞给她一个牛皮纸袋，橘子葡萄三明治饼干巧克力装了满满一袋。

留学生宿舍楼里的许多同学，都见过这样的场景。

穿素色上衣的秦桑抱着周衡给的一袋子食物，安静地站在门边，看着高挑的周衡噔噔噔地再次跑上楼去。

周衡跑到楼梯拐角的时候，回头对着仍安静地站在原地看自己的秦桑笑了一下。周衡笑得很灿烂，仿佛再深的夜，都会被他的笑染得阳光明媚。

周衡的背影消失在楼梯转角后，秦桑才会退进门里去，轻轻把门关上。

周衡给的食物，她会分门别类好好地放在冰箱里，很认真地吃完它们。

一直有很多女孩去找周衡。

多到秦桑都无法完全记住她们的名字。周衡似与她们每一个的关系都不错，但又似与她们每一个的关系都不那么亲近。

．

秦桑心里很想但却绝不敢去问她们中的谁是他喜欢的女孩，是喜欢他
多年不改的朱米婀，是娴雅娇媚的由美子，还是热情奔放的蒙西卡，或者
是美艳逼人的韩慧慧，还是其他的她没记得住名字的女孩。

她有些小心眼地庆幸着的是，周衡没有在任何公共场合承认过喜欢她
们中的任何一个。

他这样优秀，不可能没有女孩喜欢。

可是，他喜欢的女孩，会是多优秀的女生呢？

偶尔，秦桑也会问自己：会是我吗？

然后，寂静的黑夜里，她听到自己回答了自己：不会。

答案与多年前仍然是一样的。

有一天，秦桑刚从实验室里出来的时候，看到走廊里的人都趴在窗边
往楼下看，好多人的嘴里还在叫着"kiss！kiss！kiss！"，秦桑想，大概
又是谁在向谁表白吧。真好。

秦桑没有挤过去看，而是转身下了楼，所以她也不知道楼下表白的人
是蒙西卡，被表白的人是周衡。她从楼梯走出来的时候，只看到蒙西卡很
落寞地站在一堆玫瑰花围成的心形中，还有已经转身走出十米开外的周衡
的背影。

晚上，楼上周衡的房间里的灯一直亮着，但一直很安静，没有什么声响。
大约十点多的时候，才听到了他的脚步声，从卧室走向小客厅，然后走到
阳台，再然后走向门边打开了门。

然后，那脚步声走到了她的门前。

他敲门的时候，她就在门边，几乎他敲门的同时，她就把门打开了。

2

周衡好看的眉眼闪过一丝错愕，眼神忽然就明亮起来，抬手扬了扬手里的半袋白面包："我饿了，想吃你的桑葚果酱，你还有吗？"

"有。"她有些尴尬，怕需要解释为何他刚敲门，自己就打开了门。

"我可以进去吗？"他微笑着问，眼里的光亮更盛。

他们俩楼上楼下住了一年，她很少让人进她的房间，他亦从来没有进去过。

"好。"秦桑犹豫了一下，才让开了门。她的房间简洁素静，几乎没有任何装饰，除了书还是书。就连小小的餐桌上，都堆了一沓书。

"你很特别。"这一句话周衡发自肺腑。

因为性格开朗交游广阔，参加各种聚会的时候，他见过不少女孩子的房间，各种碎花与图画的装饰，大多华丽而琐碎，充满了女孩气息。

秦桑的房间里，除了浅粉蓝的素雅桌布，几乎没有任何装饰，但却素净而幽雅，透着一股内敛舒适的书香之气。这是他见过的最不像女孩的房间却又最有女孩气息的房间。

"呃？"秦桑正从冰箱里挑选果酱，从外面买来的那瓶吃完了，只有半瓶她自己做的，"只有这半瓶了。是上个月做的。桑葚的季节过去了。"

她的手指白皙纤长，就连那小了一截的尾指也十分可爱。

她在他对面轻轻坐下的时候，一缕直发顺滑下去，露出了一小截肌肤光洁的脖子，她大丹凤眼里的眸光在灯光下似有光华流转。

周衡觉得自己的喉咙紧了紧，深呼吸了一下，才找回了平常的理智："有就好，我饿坏了。"

他打开瓶子，接过她递过来的勺子将果酱抹上面包递给她一片："你应该也饿了，一起吃吧。"

"谢谢。"她轻轻接过，小口小口地吃。她的眼睑半垂，唇形小巧却接近完美，唇色是粉红色的，唇角沾了一点果酱，她下意识伸出舌头去舔掉。

周衡倒抽了一口气，赶紧大口大口吃着面包，以掩饰狂乱的心跳。

两人都没有再说话。只是秦桑看周衡吃得太快，起身去给他倒了一杯水。用的是一只很普通瓷杯。

周衡接过的时候，环视了一周，没有看到其他杯子，心里想着，这大概是她自己平时用的杯子。这么想的时候，心又莫名漏了几拍。

随着那杯温度恰到好处的水喝下去，周衡心里那些被蒙西卡大张旗鼓的表白而她却一无所知引起的郁闷，慢慢地消散开去。

笑容又回到了他的脸上，漆黑明亮的眼眸闪过一丝不易觉察的戏谑："果酱里好像有咸味，你放盐了吗？"

"呀。没。没有。"秦桑的一丝惊慌几乎掩饰不住，脸居然红了。

周衡站起来，不着痕迹地掩饰自己的耳热心跳："吃饱了。我走啦。谢谢，加了盐的果酱很好吃。"

秦桑的脸已经红得完全说不出话来了。他的味觉怎么会那么灵敏，她只不过是在做那批果酱的时候，恰巧掉下去了一滴因往事而起的眼泪。

"晚安。"

"晚安。"

因为窘迫，脸红的秦桑这一次没有目送他上楼，而是快速地关上门，门关上了好一会儿，周衡还没有走，而是轻轻地说了一句"my girl"，才转身上楼。

秦桑窘迫了许久，才想到一个问题，周衡对自己，是不是有些不一样？

可是，到底哪里不一样呢？她仔细地想了想，又说不出来。

周衡开朗活泼，聪明又幽默。他对其他的同学，和对她，好像也并没有什么区别。

3

他参加聚会的时候，总会来问她要不要一起去。明知道她会拒绝，但还是会来邀请她。听到她的拒绝，从来都不会生气。没有听过他邀请其他的朋友，是因为其他的同学早已经决定去并且正在等他同行。

去年圣诞节的时候，他抱着一大堆礼物来请她帮忙包装，朋友太多了，他一个人忙不过来。她和他花了一个下午才把所有礼物完全包装好。

但他送给她的礼物并不在他们一起包装的那些礼物里，是一个小小的笔记本，淡得几乎看不见颜色的淡蓝色封面，扉页是有音乐的，一打开就会响起一句音乐，是民歌《茉莉花》。

几次他的朋友每一次到他的房间里聚会，他都会问她去不去，都会给她送来一堆食物。偶尔他会拿着白面包来敲门，问她有没有果酱。

又或者什么也不拿，只是问她今天实验室里的小意外是否吓着。

愚人节，他被好多朋友开各种玩笑，而她就与他在同一个实验室里工作，同一间教室里听课，同一个图书馆里找资料，同一家超市里购物，她一次也没有被恶整。

唯一被整的一次，是同实验室的一个很爱开玩笑的法国男孩雷蒙把一只剥了皮的青蛙放进她的水杯里。后来雷蒙因为拉肚子请假了三天。恢复上课后第一时间就跑来向她道歉，表情十分悲壮只差没有磕头了。

有些什么好似要呼之欲出，但是，又好像什么都没有发生过。

周衡太优秀了。

教授们总是在夸他。

他已经在读博士，而且成为全美最有名的教授的助手，他可以经常跟着教授全球各地去参加研究与会议。

他每一次都表现得很好，简直成了完美优秀的版本。上课的时候，甚至有好几个教授会不约而同地拿他的事情举例。

这种时候，秦桑好像又回到了高中时期，身边的女生在哇哦地小声夸周衡聪明又帅气，然后她一边做着笔记，一边任由心里的花一朵一朵地开放，满满都是美好。

她想，就这样吧。就这样就很好。如果更前一步会破坏什么，那么她宁愿就这样就好，她拼尽全力地努力，希望能永远站在离他近一些的地方，就只是一直这样只安静地看着他散发光芒，就好。

平安夜那天上午，他怀里抱着一大堆购物袋，双手各拿着一只苹果来敲开她的门："秦桑，我需要你的帮忙。"

她跑步回来刚洗完澡，匆忙套上一条裙子去开门，头发湿漉漉地披在肩膀上，衣服很快被打湿，露出了胸部美好的轮廓。

周衡的笑容凝结在脸上，眸子忽然变得无限幽深："秦桑，如果不是我了解你，我会以为你在诱惑我。"

秦桑"哇"的一声惊叫，紧接着门"砰"的一声关掉，好一会儿，她还能在屋里听到周衡爽朗的笑。

"喂，我知道你不是故意的。快开门，我需要你帮忙。你如果拒绝帮我，圣诞老人会惩罚我的。"他坚持不走，不肯错过有借口与她相处的机会。

4

再次开门的秦桑穿上了遮得严严实实的高领毛衣。周衡不敢太过放肆，伸手把手里的苹果递过去："来，吃完苹果然后开工吧。"

那一整个下午，秦桑都没怎么敢抬头看周衡。

她觉得很尴尬，但又有些莫名其妙的欢喜，觉得好像她和周衡之间，正在走向一个充满未知的方向。

秦桑专心致志地包装礼物的时候，周衡慢条斯理地整理着包装纸与彩带，他一点也不像需要帮忙的样子。

他大概永远不会告诉她，从去年到今年，她帮他包装的礼物他从来没有送出去过。

送出去的礼物早在礼品店就包装好送出去了。

她亲手包装的每一样礼物，都好好地放在曼哈顿家里卧室的柜子里。他偶尔回去一次，看到那些礼物都会觉得高兴。全是他看着她亲手包装的，每一样都很精致。每看一件，都会想起她专注认真的样子，心就会欢快得像一条春天的溪水，又欢快又明朗。

他不着痕迹地捣乱，把她折好的花结打乱，将东西放错盒子。

他喜欢听她难得地透出焦急的声音："嗨，阿衡，不是那样放的啦。"

她很少叫他的名字。但焦急的时候，慌乱的时候，偶尔会。

"明天圣诞节你有空吗？一起去看电影怎么样？"他忽然将心里放了好久的计划说了出口，然后，看到她用剪刀绞到了自己的手指。

周衡脸都白了，抓住她流血的手指，一边拿纸巾按住，一边悔得肠子都要青掉了：应该等她用完剪刀再说的！

看着手里的纸巾被快速染红，周衡眸光深沉，一手捏住秦桑的手，一手搂着她的肩膀往外走，出了门就往右边第四个房间大叫："维克！快来！有人受伤了！"

几乎算得上全球医科学生里的顶尖天才维克，在充分了解表面开朗内心却为了眼前这个女孩能无比腹黑的周衡的情况下，他一脸木然地扎好了秦桑手指上的小伤口，甚至为了以示隆重，他用纱布把她的整只手掌都缠住，最后还打上了一个代表了圣诞快乐的蝴蝶结。然后，维克用他德国人特有的严肃表情对秦桑说了一声圣诞快乐后，又转身用更严肃的德国脸一本正经地对周衡说："她伤得非常严重。请务必照顾好她。"

已经清醒过来的周衡用清冷的眼风扫了维克一眼："她如果留下疤痕，我保证你会很难毕业的。"

维克的扑克脸马上就变了，一串德语说了出来。周衡也用德语冷冷地回了几句。

然后，两个年轻的男子就盯着秦桑不说话了。

秦桑困窘又尴尬，两只手不知道往哪儿放才好。她的英文很好，法语也学得可以，日语也会了一些，甚至自学了意大利语，但她没学过德语呀。

从维克房间里出来的时候，秦桑决定去学一学德语，以避免今天这样明明知道他们在说与自己有关的事情她却一句也听不懂的事情发生。

在他身边，不断地努力去了解他的世界的感觉很好。

5

圣诞节的电影，他们还是去看了。

周衡下午四点就来敲门，问秦桑可不可以陪他早点出门，因为他中午被教授临时起意抓去干活，没吃午餐，他现在很饿。

　　秦桑换上一件外套就跟他出门了，出门的时候没忘记给他带了一盒牛奶让他先垫垫肚子。

　　结果在餐厅里刚落座，就遇到了维克和他的女友，巧合的是，他们是邻桌。

　　维克的女友是超级热情型的，只差没把两张桌子拼在一起聊天了。

　　前菜还没开始上，卡洛尔搂着他的辣妹女友一脸讨好地走了过来，问他们可以不可以一起坐，因为圣诞节太难订到座位了，而他一天前还不知道自己可以泡到辣妹。

　　然后，秦桑和周衡两人就开始看对面的两对养眼情侣又亲又抱又互相喂食各种秀恩爱。

　　周衡原本还明朗的脸，在维克把桌子移近过来拼成大桌时不笑了。

　　在卡洛尔落座在他右边并且旁若无人地与女友来了一个长达一分多钟的法式深吻后，他的脸凝上了冰霜。

　　好不容易在尴尬气氛里吃完了晚餐到了电影院，秦桑刚刚接过周衡递过来的热奶茶，一帮人轰一声又跑了过来。

　　以蒙西卡为首，都戴着圣诞帽子冲着他们喊圣诞快乐，他们有双双对对，也有凑热闹的单身狗："嗨！周衡！嗨！秦桑！圣诞快乐！"

　　然后，在那帮朋友的欢声笑语中，周衡全程黑脸地看完了那一部很欢乐的圣诞电影。

　　回到宿舍的时候，周衡的脸还是黑的。

　　秦桑察觉到了他的低落情绪，有点疑心是不是自己没能很好地与他的朋友们交流所以让他觉得尴尬，她在他面前的自尊心本来就脆弱，逃也似的说了再见然后进屋关门的样子都快哭了。

周衡是内心是郁闷的，几乎接近崩溃：那帮家伙！是故意的吧！知道他为了这个圣诞节策划了多久吗？！

他愤愤地转身上楼的时候，想的是，以后再也不要和他们玩了！

第二天，周衡便开始忙碌。

他要准备论文答辩，还有导师新推进的研究课题，还有准备新年假期后他要陪同导师参加的几场国际会议的材料。

虽然同在一个校园里是楼上楼下的邻居，但因为两个人都很忙碌，秦桑见到他的时候很少。在他出发去德国之前，只在实验室的走廊里见过他一次。

那天她刚刚得知自己获得了毕业前最后一个年度的全额奖学金。

他们在实验室外面的走廊遇见，周衡穿着白色的实验室袍子，身量高挑笔挺。秦桑穿绿色的实验室制服。

周衡右手拿着一沓资料，左手拿着一杯咖啡。在秦桑眼里，面前这名男子眉如远山，眸若浓墨，他的唇角总是有无情绪都微微扬起，还有他的酒窝总在说话的不经意间出现。

"嗨，秦桑，祝贺你再次拿了全额奖学金。"

6

他的声音似永远都像最初那般一出现就会令秦桑的心狂跳。

"啊。谢谢。"她尽量平静回答，以掩饰心跳的失控，以及，也许还没有消散有圣诞夜时的尴尬。

"明年就毕业了。准备好去哪儿工作了吗？"

"不知道。也许会回国。"秦桑有时候也会讨厌自己从不热情活泼，她生性谨小慎微，即使内心充满着犹如火山熔岩般炽热的情绪，脸上却仍然波澜不兴。

"会回上海吗？我听导师说上海现在很需要你这样的人才。我的钟小姐就独自住在上海。你要是回上海工作的话，可以去住我家。我房间窗外的风景特别好。"

周衡热情真诚地邀请她。他的个性恰恰与她相反。他的热情开朗幽默有趣，让他不仅仅是在留学生的圈子里，即使在优秀的教授与欧美同学中，都很受人欢迎。所以即使那样公开的场合拒绝了蒙西卡，却并没有与她交恶。

"哦，谢谢。"秦桑不敢一口咬定应承，她现在有些害怕了，害怕自己因此而对他生出更多的期待。喜欢一个人总是会这样，会期待更多的不可能，期待更多的美好发生。

"那就这么说定啦。我下次打电话的时候，会和钟小姐提一下。如果你回上海，一定要住我家哦。就当替我陪陪寂寞的钟小姐。我父母和爷爷离世后，她孤单极了。"说话间，周衡已喝完了纸杯里的咖啡，漆黑的眼眸似闪过一丝不舍，但很快消失。

他用一个投篮的姿势，把空纸杯投入两米开外的垃圾桶的样子，高挑的侧影洒脱帅气，不失可爱："我要去忙了。再见。"

"再见。谢谢。"秦桑的声音很轻，不知道他听到了没有。身形笔挺的男子渐行渐远，背对着她左手举起摆了摆，那是一个既代表了再见又代表了不用介意的手势。

他挺拔的背影挺拔消失在实验室门口最亮的灯光处，似神走入了他永恒的所在。

周衡是 23 号离开的，要先去柏林，再去莫斯科。走之前，他拿着行李箱去敲秦桑的门，但屋里没人。

他把手里的一盆小植物放在秦桑的门前，在上面贴了一张便利贴：我是肉类植物山地玫瑰，请帮忙照顾一下我，谢谢。

秦桑那天回来的时候，远远就看到了门前的小花盆。之前一个小时开始下雪，雪花已经薄薄地在花盆上盖了一层。秦桑小跑着过去，把花盆捧了起来。

那张便利贴刚刚巧就隔住了雪层与那株像绿色的玫瑰一样的植物。秦桑弯腰将它捧在手心，表情像呵护最好的珍宝。

那天晚上，秦桑有点失眠。总觉得迷蒙中能听到周衡走上楼的声音，踩着雪花，咯吱咯吱地响。

醒来后，窗外寂静一片，但雪下大了。

之前周衡也会经常跟着导师出差，但是，好像没有哪一次比这一次对他的思念更深。

7

周衡给秦桑打过两个电话。第一个电话是他刚到柏林的时候。大概是刚忙完，他的声音有些放松的疲惫："秦桑，雪停了吗？"

他有些慵懒的声音很好听，半夜里，秦桑的耳朵无端有点发热："嗯，傍晚的时候停了。"

"上海没有这样的大雪。"

"嗯。"

"柏林还不错。"

"我没有去过。"

"以后有机会，一起来。"

"嗯。"

"山地玫瑰好看吗？"

"嗯。很神奇。像花一样的植物。"

"像玫瑰花。"

"嗯。"

"秦桑你给我唱个歌吧，我有点认床，但是明天还得早起参加研讨会。接下来三天的行程都排得很紧。"

"……"

"不愿意就算了。"

"……月儿明风儿静树叶儿遮窗棂……"

秦桑很想问一句他，为何要给她打一个这样的电话，显得……太过特别。并且，他竟真的没有挂电话就睡着了。她唱完了那首妈妈小时候经常给她唱的歌，脸热得几乎要烧起来了，电话那边没有了声音，只是隐约传来他平稳的呼吸声。

他睡了。秦桑轻轻地挂掉电话，想象着他睡着的样子，脸一定很好看，会比醒着的时候更好看吧？

秦桑又失眠了。

第二天早上，她要去上课时在路上遇到了维克，维克盯着她的脸看了好一会儿，很认真地问她："因为周衡不在所以睡不着吗？"

秦桑的脸当即就烧了起来，维克的扑克脸上意外地露出了惊讶的表情，用了很夸奖的母语说："哇咧！居然会脸红！"他不知道秦桑现在已经在悄悄地学德语，接着又用母语说了一串诸如：周衡那个变态从哪里找来了这么有趣的姑娘居然会脸红之类的话。

秦桑的脸红得都要烧起来了，赶紧匆忙告辞离开。

是什么时候开始，这些人都把她和周衡当成一对儿了？是从圣诞节的时候吗？还是更早之前？

秦桑细细地想着来美国之后的一些小事，越想，心脏便跳得越密，想到周衡，他是不是在喜欢我这个问题时，她的心脏跳得都快要让她喘不过气来了。

第二天晚上，周衡没有给她打电话。

第三天晚上，周衡也没有给她打电话。

7号那天晚上，实验室里工作比较多，秦桑回来的时候，已经很晚了。首先摁开了电话答录机，有一通电话，是妈妈打来的，问她好不好冷不冷。说了家里的一些事，秦茧上了高中成绩好了一点，赵吉祥和几个同学朋友开了一个游戏开发公司。赵如意去了法国。

秦桑给妈妈回了电话后，有几次都想打周衡的电话。

她知道他的移动电话号码，但是，她从来没有打过。在学校里时，只觉得经常能见到他就好。他跟着教授出差的时候，又觉得没有什么事，打过去说什么都不对，会很尴尬。

她盯着电话机，一直在犹豫，电话铃响起的时候，她吓得从椅子上跳了起来。

8

"喂。"会是他吧？

"秦桑，是我。"当然是他。

"嗯。"她应得简短，但心里有小小的激动与快乐，像泡溜了一样一个一个地往上冒。

"是刚回来吗？我也是刚结束。"其实不是，他回到酒店两个多小时已经把明天出发的行李收拾好了。并且，他已经打电话去问过其他人，都说她房间的灯不亮还没有回来。

"是。今天实验室里事比较多一点。"

"如果只剩你一个人就留到明天再做。不要自己一个人留在实验室里。"

"嗯。"

"明天我去莫斯科，后天到。大概会逗留三天，然后直接飞回去。"

"嗯。"

"我 14 号早上就会回到美国。晚上我能请你吃晚餐吗？"

"嗯。好。"

"秦桑。"

"嗯。"

"秦桑。"

"嗯？"

"晚安。"

"晚安。"

挂掉电话后，秦桑伸手摸摸自己的脸，热的，一定很红。然后她飞快地转头看桌上的日历。

14 号。

是 2 月 14 号。

周衡他，在约她情人节那天晚上一起吃晚饭吗？

那……那是什么意思？

秦桑在惊惶与不安里度过了后半夜，有好几次，她想拿起电话打回去问他，约她情人节那天一起吃晚餐是什么意思。但又隐约有些害怕，如果他约的不是她一个人而是他所有单身的朋友呢？

第二天，秦桑是在实验室里听到那个消息的，整个学校都震动了，大家都在看手机网页上的新闻，到处都是不可置信的："my god!my god!oh no!"

最先在走廊里截住秦桑问的人是蒙西卡："秦桑！周衡在那架飞机上，对吗？他是今天和教授们一起去莫斯科，对吗？"

秦桑只觉得"轰"的一声，有什么东西在脑海里瞬间炸裂，脑袋开始痛得嗡嗡作响。

接下来短时间内的一些反应，秦桑不太记得了。

只清楚地记得三个情形。

一个自己是拨开来拦她的卡洛尔和维克的手，说："别拦我。我要去找他。我会找到他的。"

一个是在飞机上，她短暂地睡了一会儿，做了一个梦，梦到周衡在她耳朵边叫她的名字："秦桑。"

一个是她终于赶上了救援队，不要命地拦在车队面前，眼里全是决绝的眼泪："请带我去！我的体力很好！我的爱人，他在那架飞机上！"

秦桑说的不是 husband，也不是 boyfriend，而是 beloved.

He is my beloved!

大概全世界都在铺天盖地地播放这条满载顶尖学者的飞机在山区失事的消息的时候，秦桑已经跟着搜救队深入到飞机坠落的腹地了。

飞机坠落在一个山谷里，与地面接触时发生了多次爆炸，几乎失去了完整的机身，行李散落地方圆十平方公里的各个地方。目前没有得到有人生还的信息。

搜救队一开始的时候，都觉得秦桑是累赘，对她的态度并不友好，但半路上也不能把一个伤心的姑娘丢下，就只能带着她。

慢慢地他们发现这个东方姑娘有着美国大兵都难以企及的坚韧，而且体力并不算糟糕。

9

最重要的是，她十分冷静，看到尸体与残肢不但不惊慌尖叫，反而很积极地帮忙。

要知道，即使现在天气寒冷，已经在野外待了一个多星期又经历过爆炸的尸体无论如何也好不到哪儿去。

但这姑娘不怕。她帮那些残肢归位，又帮他们尽量地整理出面容的时候，她的脸上从没露出来惊慌恶心甚至是难受的神情，她的表情平和，眼睛充满了悲悯，还有，爱。

两周之后，秦桑得到了搜救队里所有人的尊重与喜欢，他们每一个人都了解到了周衡的情况与特征。

第十九天的时候，一个队员找给了一件属于周衡的42码的白色的正装衬衣。

第二十一天的时候，秦桑找到了一只他的鞋子。

第二十七天的时候，一个队员给秦桑带回来了周衡的背包。

背包的拉链坏了，里面的东西七零八落也掉得差不多了。只有一个小盒子，因为放在最里面的夹层，竟保存完好。

那是一条吊坠项链。吊坠很特别，是一颗用许多小粒的红宝石镶成的桑葚。在冰天雪地的荒凉山谷里，那颗红宝石做成的桑葚晶莹剔透，在阳光下美得逼人落泪。

搜救队的队员们看着秦桑，都有点不知道如果这个倔强的女孩哭泣的话应该如何安慰她。

但秦桑始终没有哭。

三个月之后，所有的飞机残骸清理完毕，发现有迹可循的死者九十七人。找到的尸体里没有周衡。

但是，当时的飞机上一共有一百一十二人。在发生过多次爆炸的情况下，可能有一些人永远也找不到了。

秦桑右脚受伤，随即发生了感染，她在回去途中的时候，几乎一直是昏迷的。但她的怀里紧紧抱着属于周衡的东西，连昏迷过去的时候，都没有松开过。

回到美国后，秦桑住院了一周才康复出院。

回到学校后，几乎周衡所有的朋友都来向她表示了哀思。

时间似乎飞速地过去了。

秦桑恢复了上课，每天清晨起来跑步，像以往一样在教室、图书馆、实验室、宿舍之间穿行。

周衡的同窗与朋友来对她说很遗憾请节哀的时候，她会轻声说"谢谢"。

她一切如常。

唯一不正常的是，她一直没有哭。

关于周衡上飞机前一晚最后打给她的情人节约会电话。

关于她努力找了三个月都没能找到的周衡。

一切都来得太快太突然了。

她好像，还有点不能反应过来。

回到学校一个月之后，似瘦了一大圈的秦桑平静地生活着，就像周衡还在学校时一样。虽然遭遇了重创，但学校里的其他人好像已经慢慢地走出来了。

傍晚，维克与卡洛尔在走廊边聊天，秦桑从实验室回来，怀里抱着几本书，她脸上十分苍白，瘦得似一张纸片，让看见的人的心都会不由自主地抽紧。

10

"嗨，秦桑。"

"嗨，卡洛尔。"

"你还好吗？秦桑？"

"我很好。维克。"

"我们要一起出去吃点好吃的。你要一起去吗？"

"不。谢谢。再见。"

"再见。"

卡洛尔和维克看着瘦弱得像一根绷紧至极似随时都会断掉的弦的女孩走进房间关上了门，互相对看一眼，异口同声地说："她看起来很不好。"

"有什么办法可以帮助她吗？"

"有。"

"什么？"

"周衡活着回来。"

"求上帝吧。"

"我们得想想办法。否则周衡要是知道我们没有照顾好她会抓狂的。"

"周衡已经被上帝召唤走了。"

"如果上帝又让他回来了呢？"

"……我们去给她送点食物吧。"

卡洛尔给秦桑送去一大包食物的时候，还给了她一张设计图。

卡洛尔学的是珠宝设计，但他不得不承认，如果周衡也专注于设计珠宝的话，他大概就拿不到全额奖学金了。

"半年前，阿衡曾托我做了一件这样的礼物给你。这是他画的设计草图。我想我现在应该把它给你。"

自从秦桑来了之后，几乎所有了解周衡的人都一点一点地知道了周衡过去两年来一直都没有交女朋友的原因是为了什么。

一开始每个人都觉得不太服气，因为秦桑并不算夺目。但到了现在，谁也没有再对秦桑得到周衡的青睐不服气了，因为似乎也没有哪一个女孩比秦桑更能与他相配。

圣诞节大家的恶作剧，不过是朋友间的玩笑，谁让周衡平时为了暗地里护着秦桑，让大家明地暗地里吃了不少苦头呢？

"秦桑，失去阿衡我们都很难过。但是，你这样，阿衡也会难过的。"卡洛尔来自法国，浪漫是法国男人血液里的基因，但面对秦桑，他好像说不出来更多安慰女孩的甜言蜜语。

秦桑接过那张图，轻声说了谢谢。

那张设计草图上就是那只在他的背包里找到的桑葚吊坠的雏形。

卡洛尔走后，秦桑关上了门，忽然间就失去了全身的力气，她背靠着门慢慢地滑到了地上，张开了嘴，想号哭一声，但是，眼泪开始疯狂地往外涌出，嘴里就是哭不出声音来。

失去周衡的消息之后，虽然她亲眼看到了飞机的残骸，虽然她亲眼看到了官方发的讣告，甚至和其他同学一起参加了学校里为遇难者举行的悼念聚会，但她始终不愿意相信周衡已经不在人世。

她想也许会有奇迹。

周衡会喜欢她这样的奇迹都会发生，他会还活着也会成为奇迹的，对吗？

所以，她即使无法忍住眼泪，也决不号啕大哭。

漂 洋 过 海 来 看 你

第七章

我总是做一个很悲伤的梦。梦到他很爱我。

1

上海好像没有什么变化，但又好像，变了许多。

感觉与六年前差别不大，但又感觉已成另一个新世界。

"小姐，到了。合欢街不让进出租车。你从街口步行进去，得走一段路。"

出租车停下了，司机很有礼貌，笑容也很亲切。秦桑说了谢谢，付了钱，司机还下车帮她把行李箱从车上拿了下来。

正是人间四月天，树都碧绿，花开正好。

阳光亮得就像周衡去三班的教室找她要与她认识的那一天一样。

他闯入了她的生命，从此再不曾离开。

合欢街是上海城外滩旧使馆区里为数不多的几处私宅之一。当然也是豪宅，即使在当年，也是上海城有头有面的人物才住得上的房子。落到了寸土寸金的二十一世纪，更是豪宅中的古董豪宅，即使有钱也不一定住得上。

秦桑有一点点的诧异，她听说过，周衡家的经济很好，但她不知道，是这样有历史厚重的家庭。

上海外滩合欢街45号。

秦桑看着这门牌号，站了好一会儿，才平复了情绪。

她来到了，他生活过很长一段时间的地方。感觉有些不真实，但是，又正在发生。

那铁门有些年头了，锈迹斑斑，那花纹却古朴雅致，像一个美好又忧伤的故事。

秦桑犹豫了一会儿，才伸出手抓住铜色的门环轻轻地叩响。

铜质门环敲打在雕花铁门上的声音清脆雅致，但屋里悄无声息。

　　秦桑一共敲响了那铜环三次，里面才传来一个老太太的声音：“私人住宅，不开放。不见客。”

　　那老太太的声音苍老而干涩，似一个久未说话的人终于难得开了口，本想优雅洪亮，却未料涩哑难听，于是匆忙结了尾。

　　说话的人，应该就是他的钟小姐吧？

　　秦桑停了一秒，心怦怦地在跳，随后深深地呼吸一口气，才找回了自己平静的声音来回应她：“钟小姐您好。我叫秦桑，是阿衡的同学。请您开一下门好吗？阿衡说，我可以住他的房间。”说完后，秦桑的心仍在胡乱地跳，很害怕铁门的那一边，会传出来一句拒绝。

　　里面静默良久。久到秦桑几乎以为里面的人没有听见她说话要再喊一次的时候，门锁“嘀”地响了一声，门打开了。

　　秦桑伸出手，轻轻地慢慢地将铁门推开，院子里疯狂地生长着的花草植物让她狂跳着的心忽然漏了一拍，拨开一枝横到了门后的玫瑰，她有些惴惴。她不知道是要赞美主人对花草自由生长的豪放，还是要暗暗惊叹一下她对花园的疏于打理。

　　提着行李箱走进去的时候，秦桑小心地拨开长着尖刺的狂乱玫瑰枝，踩着被疯长的草覆盖的石板，好一会儿才走上了白色大理石砌成的欧式门廊。

　　象牙白的门半开着，但她还是象征性地伸手敲了两下，才轻轻地推开了门。

2

　　迎门而立却并非欢迎之势的老妇人穿着青底暗纹的旗袍，一头银发，颈间的珍珠项链幽幽地闪着华丽冷傲的光芒。

她好美。

阿衡，你的钟小姐，她好美。

钟小姐用她那双苍老却依然清亮锐利的眼睛，盯着眼前这个清瘦安静的、气质有些清凛的女孩，她没有见过她，但即使她不告而来，似乎也并不那么讨厌。

这女孩不似那些贵气张扬的小姐，她内敛，有礼，有些自卑，有些特别。

她会是阿衡的女友吗？

"你是阿衡的什么人？"钟小姐劈头就问了秦桑这么一句，让秦桑感觉到自己的心脏因为阿衡这个名字紧张了一下，随即才慢慢地温柔下去，变成一片潮湿："我是阿衡的高中同学，我们在美国也是留学同学。我在上海找了一份工作，暂时没有宿舍。阿衡说，我可以住他的房间。"

"楼上左边第一个房间。"钟小姐沉吟了一小会儿，没有再多问，反而直接告诉了秦桑房间的位置。

去年年初周先生突然心脏病复发去世后，她一个人住了一年多了。

她独自住得太寂寞了。如果不是她不容易对一个人产生好感，她都考虑想把房间租出去一个，以便这幢房子里会出现钟点工以外的活人。

秦桑这才松了一口气："谢谢。"

楼梯上有浅浅一层灰，楼上亦然。看来钟小姐很少上楼来。

走到周衡的房间前的时候，秦桑回头看自己的脚印，一步一步，小心翼翼，谨小慎微。

阿衡，我终于走向了你。

"东西你都可以用，但要保持整洁。"钟小姐的声音从楼下转来，听不出情绪。但比起刚才因为长久寂寞的沉默而生的干涩，这一句有了些润意。

秦桑想，钟小姐并不讨厌自己，大概是因为她爱屋及乌想起了她的阿衡。

秦桑放下行李，一张一张地卷起家具上那层防尘的白色布幔，还原了房间本来的样子。

周衡在留学生宿舍里的房间，从失事地点回来后，秦桑进去过一次。因为有新的留学生要搬进去，她去收拾了周衡的一些东西。那里是大量的书，简单的衣服，汽车与飞机的模型，以及一些他自己设计的实验小样品。理科男房间的简洁有力，并没有太特别的地方。

倒是这个房间有些不一样，简洁清新又带着男生的稚嫩又刚硬的气息，家具设计并不时尚，但都充满了科技感，蓝白色的床饰，流线型的触摸台灯，竟然还有一个高而大的书架，占了整整一面的墙壁，书架下是一个可以移动的沙发。

恍惚间，秦桑竟似看见了五年前那个少年，坐在那张舒适的沙发上，长腿一蹬书桌，沙发便带着他滑到书架边，他抽起一本书，再滑回书桌边。

沙发滑动中引起的微风轻轻扬起了他的发丝，少年的神情欢快而专注，再难的功课，于他，都似只是一个游戏。

这个世界上有没有完美的男孩子，他的性格谦逊而温润，活泼而有礼，坚韧而灵动，他的外貌俊俏而英气，潇洒而帅气，优雅而迷人，他聪明而智慧，善良而有趣。他完全没有不完美的地方。

有的。阿衡。周衡。你就是我眼里世界上的唯一的最完美的男孩子。

3

秦桑住进周衡的房间的第一个晚上，她果然在抽屉的旧相册里，找到了一张周衡坐在沙发上滑动的照片。照片里的美少年对着拍照片的人笑，一手拿着书，一手调皮地伸出了剪刀手，笑得几近风华绝代。

秦桑伸出一只微微颤抖的手指轻轻地滑过相中人的脸，照片磨砂的纸质有着细细的斜纹。

她狠狠地咬住了自己的嘴唇想忍住眼泪，可它们最终还是重重地滑了下去。

怎么不叫她伤感，照片里这个阳光而自信的少年第一次站在她面前和她说话的样子，还仿若如昨。

第二天，秦桑起得很早。但钟小姐似乎起得更早，她换了一身月白色的旗袍，已经坐在露台边喝茶，刚刚到达的阳光落在她的银发上，有一种岁月永远无法夺走的美。

征得钟小姐同意后，整整一天秦桑都在打扫卫生。她像一个勤快的小姑娘，把楼上打扫得纤尘不染，又让楼下整洁如新。

"你的手怎么了？"她在抹楼梯扶手的灰尘的时候，钟小姐忽然出现，她的眼睛紧紧盯着她的左手，问得很是尖利。

长久以来，秦桑见过很多各种各样看她的残指时的目光，大多数都是惊异或者遗憾，家人们都是淡淡的接受与遗憾，也有像维克那样"哇，基因这个鬼东西在搞什么鬼"之类的研究型，还有卡洛尔"完美的珠宝为什么要有瑕疵"的饮恨型。

但似周衡那样明明看到了却能自然地接受好似什么也没有看到一样的人，还有与周衡截然相反似钟小姐这样一针见血地问出来的人，秦桑都还是第一次见到。

"嗯，它少了一个指节。出生时就这样了。大概是基因序列出了些小问题。"

幸好，时至今日，她早已能正面面对自己的生理小缺陷。

"阿衡是完美主义者。"钟小姐脸上毫无笑意，她的表情和她的声音一样，有一种硬邦邦的冷漠与尖锐。

她说了这一句之后，那双苍老却不失智慧的眼睛，用一种"没有什么瞒得过我"的眼神看着秦桑，那眼神里有揶揄有试探有细微的敌意，仿佛在说阿衡那样一个完美主义者怎么会让一个手指有残疾的女孩住进他的房间。

刹那间有自卑似刀锋一般从秦桑的心房划过，但很快又有一抹属于阳光温暖的笑容瞬间治愈了它。

"是的。阿衡追求完美，所以他非常优秀。我们学校里有全美最严苛的教授，但每一个都对他赞赏有加。"秦桑停了一下，加了一句，"他说这是因为他很像你。我与他认识这些年，他提起最多的就是他的钟小姐。"

秦桑不知道她说这话的时候自己脸上的微笑有没有很清晰，但是她努力地表达了她来自内心的真诚。虽然，有一些小小的拍马屁成分。

她说了一个小小的谎言。事实上，周衡与她聊天的时候并不多，提起钟小姐，也只是很有限的两三次。更没有说过自己像钟小姐。

4

但是，秦桑知道周衡最挂念的人就是钟小姐，所以，她不希望钟小姐对自己有敌意。

"阿衡是比他的父亲更像我。"钟小姐眼中的锐利瞬间淡了下去，竟然露出了一个带些小得意的微笑。

这世界上，大概就不会存在不深爱孙子的老太太。

而且，她感受到了秦桑的诚意。

秦桑能感觉到钟小姐对自己的敌意已经悄然隐退。她暗暗安抚差点儿跳出来失控的惊惶，指着花木与杂草共生的花园问她："花园，也要帮你修剪一下吗？"

"你爱修就修吧。我自己是修不动了。"钟小姐丢下这一句，拄着那根似是香檀木做的拐杖，慢慢地走回了房间。她的腿脚不便需要那根拐杖，但她依然穿着精致的半跟皮鞋，背影从来挺得笔直，有一股十分吸引人的气质与风姿。

钟小姐对秦桑接受的程度出乎秦桑意料的好。这让秦桑觉得幸运又伤感。阿衡呀，怎么办？她总让我想你。

钟小姐的房间就在周衡的房间正对的楼下。也许，昨晚她整夜掉着眼泪在房间里摸摸索索低声絮叨的时候，她也在楼下清醒地侧耳倾听。

就像，前几年住在楼下的她对楼上的他一样。

长疯了的玫瑰园旁边，竟然有一棵有些格格不入却葱郁生长着的桑树。

秦桑仔细地看了看周围，玫瑰旁边的月季，月季旁边的蔷薇，蔷薇围着院墙长了多年，又无人打理，早已张狂地探出了院墙外。钟小姐大概很喜欢蔷薇花科的花，所以，院子里有蔷薇花的拱廊，但是没有树。一棵树也没有。

也许是某一棵桑树种子意外长在了这里。也许是谁特意在这里栽种了它。

桑树长了有两米多高，正是果熟的时候，暗红的桑葚缀满了枝丫。秦桑进屋找了个篮子，把熟透的桑葚都仔细摘了下来，竟也装了满满一篮。

晚上，她留了一些新鲜的果实放进冰箱，把剩下的都仔细洗净，放进锅里，准备做桑葚果酱。

"你在做什么？"钟小姐拄着拐杖，出现在厨房门口。

秦桑放下手里的活儿，把洗好的桑葚端出来给她看："我在做桑葚果酱，下午我整理的时候，在花园里发现了一棵结满了果的桑树。桑葚结得很好，你要尝尝吗？"

"桑葚？"钟小姐尖着纤细白皙的手指，拈起一只暗红的放进嘴里，桑葚的微酸让她的眉头皱了皱，但她到底是吞下去了。

"阿衡高中的时候，有天忽然说想吃桑葚，那会儿正是冬天，我和他爷爷出去找了很久都没买着。他自己不知道从哪儿找了桑树，说要自己种。种了好几年都没结过果，没想到这会儿倒是结果了。做吧。做好了放着，等阿衡回来尝尝。"

"好。"秦桑均匀而仔细地搅拌着锅里的暗红色酱液，它们浓绸而碧透，透着酸楚也透着甜蜜。

阿衡，你是想起了我，才要种一棵桑树的吗？

5

不知怎的，秦桑的眼睛里忽然又蓄满了眼泪。它们太多了，差一点就掉进了紫红色的桑葚酱里。

庆幸钟小姐此刻已经走出了厨房，秦桑赶紧转身，轻轻将它们抹去再继续搅拌果酱。被眼泪坏了味的桑葚果酱味道不纯。

他的味蕾特别好，哪怕只是一滴眼泪，他竟也能吃得出来不同。

晚餐是秦桑做的，做之前她去问了钟小姐菜单。钟小姐说想吃面条。

"阿衡年初打电话回来的时候，有提过可能会有个女孩来住他的房间。那个女孩就是你吗？"晚餐的时候，钟小姐先是嫌弃秦桑煮的面条太软，吃了两口后，就又提起了周衡。

秦桑发现钟小姐真的很喜欢提起周衡。

她太寂寞了，只有提起他时，她那张满是忧伤、寂寞和细纹的脸，才会涌上一些自豪又慈爱的微笑。

"是我。他说，如果我回上海工作的话，可以住他的房间。我家在苏州的乡下，离上海很远。"在钟小姐面前，秦桑尽量做一个完全诚实的人。

钟小姐的眼睛很锐利。秦桑希望钟小姐看到她的真诚，又有些害怕被她看穿了一切。

"你家是农村的？"钟小姐问这句的时候，眼睛盯着这个充满了真诚但又却不足够坦诚的女孩，目光灼灼，半是可惜，半是叹服，"出身乡下竟也留学回来了，不容易。乡下来的女孩，少有你这样大方的。"

"乡下地方小，见识也少些。"秦桑不知道要怎么回答，她并不嫌弃自己的乡下出身，对别人的嫌弃也能坦然回应。

幸好钟小姐看起来并不似嫌弃乡下人的人，她只是寂寞得太久了，急于想与她交流。

秦桑觉得，她也越来越喜欢钟小姐了。

"哈，阿衡看女孩的眼光，也不知像谁。他的爷爷，老家也在乡下。他家祖辈都是木匠。这根拐杖，就是他在病床上最后给我做的。这老头真不安好心，临死还要给我磨根拐杖。说我年轻时冬天了也爱穿裙子露着腿，临老一定会腿脚不便，给我做根好拐杖备着。啧，这还真被这老头说着了。现在我没了这根拐杖都走不了路。"

钟小姐的话越来越多了。

她不但开始提起了周衡，还提起了周先生。秦桑静静地听她说，偶尔回应一两句。钟小姐与周先生一定十分恩爱，因为钟小姐说起周先生时，嗔怪里满满都是甜蜜。

秦桑喜欢喜欢听钟小姐说起往事。

因为她是周衡的钟小姐，因为她说起的一切多多少少都与他有关。

住进合欢街45号的第三天，秦桑开始忙去学校报到的事情，她读博的专业是生物化学研究，她这次回国是接受了复旦大学的教学工作，是学校新开的一个热门新专业，很需要她这样的专业人才。另外，她还接受了一家化学研究室的邀请，每周去工作三天。

她把自己的时间排得很满，她不想让自己空下来。

她需要更忙碌一些，她要赚足够的钱，让爸爸妈妈和秦茧到上海来团聚，她还想利用所有的假期，去找她的阿衡。

她从没放弃过。

6

钟小姐第一次问起周衡的消息，是秦桑搬进周家两个多月之后。

当时秦桑已经上班，在学校里每周工作四天，另外三天她需要去研究室工作。

她已经忙起来了。每天很早就会出门，回来的时候，通常钟小姐已经上床了。她会敲门与她道一声晚安，然后才上楼。

这天晚上，当她说完晚安后，钟小姐却并没有说晚安，而是问："阿衡有给你打电话吗？他有一年多没给我打电话了。我打过去，那边总说占线打不通。"

坐在床上的钟小姐手里拿着一本书，戴着优雅的眼镜，似是随意，但看向秦桑的目光如炬，似能照进她的内心深处。

秦桑察觉到自己只有两节的小指动了一下，赶紧把它藏了起来。她不善说谎，这根手指是她的命门，然后，她对钟小姐摇头，轻声说："没有。阿衡他很少给我打电话。"

其实并不算少，她还没去美国时，他偶尔都会给她打一个电话，说一些似乎是无关紧要的话。或者发邮件，从不曾断过联系。到了美国之后，好似每天都能见到，所以电话与邮件没有了。但是他不在美国的时候，偶尔会给她打一个电话。

那件事情发生之前，他连续几天晚上都给她打电话。

"没事了。你去休息吧。晚安。"钟小姐低头看书，不再看秦桑。

秦桑心里却难受得很："下个周末我开始休假两周，我需要去一趟德国。"

"知道了。"

秦桑轻轻地关上门，轻轻地松了一口气，幸好，她并没有问，她去德国做什么。

她要去找他。想去他住过的酒店，然后从他起飞的机场，也飞去莫斯科。

他走过了哪一条路？经过了哪一片天空？他骤然惊恐的位置下方是哪儿，她都要去看看。

她决定，余下的人生，只用来努力地生活，努力地寻找他。

她坚信他没有离开。

因为，她总是做一个悲伤的梦，梦到他很爱她。

秦桑再次回到上海的时候，已经要入秋了。

院子里那棵桑树，在她整理了花园后，在整个夏天里，哗哗地蹿了个子，很快就傲立于一园的玫瑰月季蔷薇之中，很是精神。

假期还有一天，秦桑决定给它施些肥料，让它来年结的果实甜蜜一些。

挖开树根周围的泥土的时候，一个铁盒跳了出来。

铁盒里是三个大小不一的玻璃瓶子。

秦桑看着那些玻璃瓶子，呆住了。

她认得它们，那是当年妈妈给她装桑葚果酱用的，不是什么名贵东西，都是旧的罐头瓶酱料瓶洗干净后的再利用。妈妈怕她觉得丢脸，用了些心思，裁了牛皮纸和麻绳封口，倒也看着别致。记得当时有几个瓶，吃完后洗干净放在窗台上，忽然就不见了。

原来在你这里。

秦桑抱着那三个玻璃瓶子，坐在桑树下默默掉眼泪的时候，钟小姐终于在屋里打通了之前被秦桑悄悄地处理过的而总占线的国际电话。

7

知道了周衡飞机失事已经过去一年多这件事情后，钟小姐没有大声哭泣，也没有张狂地愤怒尖叫，她只是在阳台上望着远处的天，整整坐了一天。

晚餐是秦桑做的，她也没有吃，把自己关在屋里，让秦桑不要打扰她。

秦桑回到房间，收到了维克的邮件：抱歉，钟小姐打通了电话，她已经知道了阿衡的事情。

第二天一早，秦桑发现，钟小姐本还有些灰的头发就白透了。

只是，她似乎忘记了昨天的事，因为她问秦桑："你有没有阿衡的消息？他有一年多没给我打电话了。"

秦桑狠狠地把眼泪忍了回去，摇头，对她说没有。

那天之后的钟小姐，似在她的脑海里，设置了一个奇妙的机关，自动把打通越洋电话之后每一天的记忆都干净地消除了。

这样的对话，在此后的很长很长的时间里，每一天都会出现在她们之间。

"秦桑，阿衡有没有给你打电话？他一年多没给我打电话了。"

"没有。"

"好。那你去忙吧。"

"好，晚上见。"

邹棉绝想不到，会在自己投资的研究室里与秦桑重遇。

这两年，他不但把从父亲那里继承的电子业发扬光大，还把箱包成衣祖业做成了可以跻身国际时装周的服装品牌，又在医药集团投资控股，致力于研究新药。

研究室的负责人每月例行的报告里，提到过研究室里招到一位能力很强的女博士，工作非常出色也非常努力。唯一的要求就是连续工作三个月后至少要让她连续休假十五天。

二十六岁的女博士，年轻得接近天才了。天才总是有些怪癖的。古怪的休假方式也不难接受，邹棉就批准了。

这一个月研究室竟然成功地申请了两项久攻不克的专利，研究室的负责人很高兴在报告上大大提到了女博士的功绩。

"秦博士"这三个字让邹棉忽然想起了什么，一个激灵坐直了原本靠在椅背上的身体："秦博士的全名是什么？"

"秦桑。苏州人。"

邹棉直接站起来了。

午餐时间，秦桑还在忙。穿一身白色实验室制服的她身量清瘦，一百六十五公分的身高因为比例完美而又比较纤瘦显得很高挑。

"秦博士，大老板晚餐请客，就在路口的酒店，你要去吗？"助手李乐是一个正在读研究生的男孩，一开始的时候，他真的对容貌俊雅气质沉静的秦博士不怎么信任。

因为在他看来，长得漂亮的女孩很难有什么大本事，但秦桑彻底颠覆了他的三观：秦博士完全不愧为中科大高才生，更不愧为只用了四年就从哈佛博士毕业的牛人！她掌握至少四个国家的语言，专业书完全都是原文版本的，对各种专业术语了如指掌，思维敏捷做事果断细致，她简直太专业了！简直太敬业了！简直太帅气了！

所以他现在对只比自己大两岁的秦桑佩服得五体投地，简直想一直跟在她身边做她的跟班。

"我不去。谢谢。"秦桑仍低头在自己的工作里。她很少在外面吃饭，从来都是自己带便当。

邹棉失望地发现，他请了全研究室的人吃晚饭，唯独不见他最想见到的秦桑。

8

晚上七点多，秦桑才从工作室走出来。因为研究室答应了她特殊的休假条件，她做事总是很尽责。

灯在她身后一盏一盏熄灭，她已经换下了实验室制服，穿上了自己的鞋子与便服，牛仔裤与白衬衣几乎是她长年以来的标准衣饰配置，她没有对自己的外貌多加修饰，却也从不掉以轻心。

因为她想的是，她要随时准备着，等着他回来找她。

她可不想当他看到她的时候，她不修边幅又憔悴失态。

刚走出门口，秦桑就看到了停在路边那辆黑色的车了。稳重而又带着张力的奔驰越野车，是事业成功的男人的选择。秦桑其实对车没有什么研究，只不过，偶尔听周衡提起过一两句，便去做一做有关的功课。一切他所感兴趣的东西，对她而言，都是人生的趣味。

秦桑站在路边等出租车，对旁边的豪车只看了一眼，再无关注。

车里的邹棉，一双眼几乎无法从她的身上移开。

比起高中毕业那一年，她似长高了一点。仍是一样瘦，不，似乎更清瘦了些。头发长了些，脸没有什么变化，或许是发型的关系，她有一种介于少女与高知职业女性之间的气质，看似年轻但缺少活力，好似宁静又充满了一种神秘的难以言说的吸引人去发现的张力。

邹棉伸出手指，轻轻捏了捏眉心，试图将见到她的震撼从脑海里捏走，但是，没有用。当她上了出租车之后，他发动车子，跟了上去。

秦桑下了出租车，就看到了等在巷口的秦茧。二十一岁的秦茧上大学了，努力得比较迟，勉强考上了上交大。

和姐姐同在上海，他偶尔跑过来看看她。

秦茧一看到姐姐，长腿一迈几步走近，有些流里流气地接过她手里的提背揽住了她有些瘦削的肩膀："我们的秦博士最近还好吗？"他的个子很高，早在十九岁的时候，就已经把一百六十五公分的姐姐当成小矮子了。

"本来挺好的。不过现在看到你觉得我的钱包可能会有点不好。"秦桑一本正经地开着玩笑。她回国之后，就嘱咐爸妈，她来负责秦茧自立前的一切，学费生活费一切费用都由她每月准时打到秦茧的银行卡上。

"不会啦，你的钱包很喜欢我，毕竟我长得这么帅！"秦茧说着话，掂着手里的上海传统糕点，"排了两个小时队买的。看，你给我钱一点都不冤，我帮你讨好你的婆婆可是下了大劲儿！"

"嗨，她是奶奶。"秦桑对于秦桑为何坚持要寄居于周家追根究底，秦桑就告诉他了。

原本她以为自己说不出口，但没想到第一次对自己的亲人承认自己对于周衡的感情格外安心。

是，她就喜欢他。她很努力很努力才走到了他的身边，她为什么要害怕承认？

"奶奶就是太婆婆，更可怕。"秦茧拒绝承认自己搞不清楚辈分。

9

"嗨。钟小姐你好！"秦茧是十分活泼的男孩子，他第一次来见钟小姐的时候，钟小姐已经得了失忆症了。每一次他再来的时候，钟小姐都把他当成第一次见面的感觉让他感觉搞笑又新鲜。

"钟小姐你是我见过最漂亮的上海老太太！"

"你是谁？怎么油嘴滑舌的？"钟小姐听惯了甜言蜜语，可真不算好哄。不过每一次她都会因为秦茧的活泼开朗比较像她的孙儿而喜欢上他，"我以为全国老太太里我最漂亮。"

"哎呀，要这么说的话哪里止，你肯定是全球最漂亮的老太太呀，你要是出去参加时尚活动，什么名模算什么呀，什么英国女王都不算个事，你一出现，必定艳压全场！"秦茧拍起马屁来驾轻就熟。秦桑笑了笑，拿着秦茧买的点心去厨房准备钟小姐最喜欢的红茶。

"少拍马屁。快说你是谁？"

"我呀。你猜。"

"猜不着。快说。再不说报警了呀。"钟小姐板着脸，目光里却有笑意。

"不如我扶你进屋再说呀。天都黑了，外面太冷。"秦茧向钟小姐伸出胳膊，十分绅士又有风度。他俊秀的脸上露着青春洋溢的调皮笑容，又让钟小姐再一次信任了他。

合欢街45号门牌下的墙边，站着一个年轻而高瘦的男人，铁制大门传出来的说话声让他俊美非凡的脸有些低沉，但他眸光闪耀，水一般的温柔与志在必得的执着同时在他的眼神里交织着：既然命运安排他再次与她重遇，那么他绝不再让机会从手里溜走。

第二天一早，秦桑刚刚走到街口，便看到一辆黑色的奔驰越野车停在她面前的路边，而穿着一件浅卡其色风衣的邹棉正帅气地站在车门边，引得过路的女性都频频回头感叹他那张脸的致命颜值。

如果说，十九岁的邹棉只不过算是个忧郁美少年，那么二十六岁的他成为一个散发着致命魅力的成熟男子。

他五官俊美的脸上，多了一种运筹帷幄的气势，他整个人都散发出一种我很迷人但是不要轻易惹我的气息。

"秦桑。"看到秦桑，邹棉本想摘下眼镜，但最终他放弃了。他向她表白过一次，他失败过一次了，他不想她在重逢的第一眼就从他眼里看到他的心事。

"呃……"秦桑原本看了邹棉一眼，但并没有多做停留，她的目的只是打到出租车去上班，"你是……邹棉？"邹棉在气质上变了许多，但那张俊美的脸变化并不大。

"是我。"因为她记得他，记得他的名字，邹棉不由自主地露出了笑容。要知道，他回梁家后，真心的笑容就基本上从他脸上消失了。

"你怎么在这里？"

"我来接你去上班。"

10

德国某医院的贵宾病房里，窗边的轮椅上，一名男子正看着窗外出神。

他盖着毯子的双腿上，放着一沓照片，照片上，一个穿着白衬衣浅灰毛衣配蓝牛仔的女孩正和一个穿着浅卡其色风衣的俊美男子在说话。

阳光一点一点地点亮了窗外的景色，也一点一点地照亮了男子的脸，俊朗的五官十分好看，只是右脸下颚边的脸颊上，布满了密密麻麻的伤痕，虽无损他的英俊，但有些沧桑与狰狞，令他添了一种生人勿近的气息。

"moning！"一张年轻又俊美的扑克脸在敲门的同时走了进来，冰冷而又礼貌性地说着早上好，但是脸上却丝毫没有早上好的意思，反而显露出"这个妖怪什么时候才走呀，他好难侍候呀"之类的郁闷。

两周前周衡忽然出现在他面前的时候，维克只能用一个流行词来解释自己的感受：我伙呆。我和小伙伴们都惊呆了！

周衡到底是什么样的妖怪？

那架飞机上鲜有人生还！而他！居然！隔了那么久，活着回来了。

但最重要的问题不是他活着回来了，而是他活着回来后比他没有死过之前更难搞了。

比如说，他堂堂一个医科天才，多少人愿意倾尽家财换他一刀。他一看到他受伤，而且伤得还这么有意思，他就上赶着跑来又是哄又是劝让周衡接受他的"治疗"。

可是人家不但不理他，还指使他去干一些偷鸡摸狗的勾当，比如说给他偷拍一些他女友和别的男人约会的照片什么的。

"准备手术吧。"坐在窗边的人头也没回，只说了这么一句。

"你说什么？"维克难得一见的扑克脸上有了惊喜的表情，"你是说，你同意了？"

"如果我站不起来。你就准备去死。"周衡语调不变，但话语后面的赤裸威胁而杀机四现。

飞机出事时，他正好在安全门旁边。万分之一秒的时间内他决定冒险打开安全门。飞机在坠落的过程中他被甩出安全门。之后，他掉落到一条河里。

他第一次醒来的时候，身上的伤如果尚可忍耐，骨折严重到已经完全不能使用力气的双腿，更令他绝望与沮丧。

第二次完全清醒过来的时候，时间已经是三个月后了。

他被救了。救他的是一位进山打猎的农户。当时他在那户条件很不好的乌克兰农舍里，几乎已经能闻到自己身上死亡的味道。

再一周之后，他到达了正式的医院。但腿骨骨折严重到已经无法接驳，虽不至于截肢，但无法站立，而且疼痛无时无刻不在折磨着他的意志。

比起接受已经无法完全恢复的脸，他更难接受的是身体上无处不在的丑陋伤痕。

而比起身上那些还能感觉到疼痛的伤痕，他更难接受的是，再也无法站立起来的双腿。

如果这些他都能接受，那么他最难以接受的，是再也无法实现与她的约会。就算看到她，他甚至无法自己走到她的面前！

漂 洋 过 海 来 看 你

第八章

走遍千山万水，只为了遇见你，
海未枯，石未烂，我怎舍得离你而去

1

"喂，阿衡，咱讲点道理行不？手术都是有风险的！而且这是新技术，我只是负责给你换上新材料制造的骨头，我无法保证他百分之百能让你站起来。"维克很科学精神地抗议，但周衡冷冷的目光扫了过来后，他马上扯出一个皮笑肉不笑的微笑，"不过也许会能跑能跳。至少抱女孩上床是没什么问题。OK！OK！别那样看我！我有女友，我没有在想你的秦桑。"

"出去。把外面的人叫进来。"周衡不再看维克，伸手轻轻地把腿上的照片小心放好。

"外面那位，是股市狙击手唐信对吧？听说他在替某位财阀在管理财产，那位财阀不会是你吧？"

"知道得太多会死得很快的。"

看着周衡冷如刀锋的眼神，维克做了个替嘴巴拉上拉链的动作走出去了。唉，如果说以前的周衡他还偶尔惹得起的话，现在的周衡简直只可远观不可交往。

果然人的身体在变态之后，心理也会变态，这是真理呀。

"秦桑。"

又一天下班后，秦桑被早等在路边的邹棉叫住。

秦桑心里有点不舒服，她并不想给邹棉无谓的希望，她的心已经全部给了出去，再也没有多余的给别人了。

但是邹棉却什么也没说。

只是每天来接她，早上会去接她上班，晚上会来接她送回去。

偶尔会提出一起去吃饭，如果她拒绝，他不会再坚持。

言语里也从没透露出什么暧昧的意思，就只是说说工作，说说日常，甚至会谈论天气。

秦桑少语，他亦不多话。

秦桑觉得尴尬，他反而坦然，好像他早就习惯了她不说话一样，就好像，他觉得只要待在她身边就很好一样。

"那个，以后不要来接我了。我自己坐出租车回去。"秦桑再次试图拒绝。

"但是现在属于高峰时间，出租车很难叫的。我反正也没事，做一次司机也乐意。走吧。"

"邹先生，你应该把更多的精力用在你的女友身上。"秦桑决定主动挑明，说明白了，她心里便不再有负担了。"我总是坐你的车，我怕我男友会介意。"

"你有男友了？"邹棉并不相信。有男友的女孩怎么会一周七天天天上班。"就算有，也是个不称职的男友。他从没出现过。"

"他有出现。"秦桑不知如何解释，但既然开了头，她也不打算躲避。"他住在我心里，占据了全部。所以，我没有多余的心给别人了。所以，很抱歉。"

"秦桑。"邹棉叫她的名字，停顿了好久才继续，"你不用说抱歉。因为我并没有要求你给我任何东西。我只是希望，能和你这样说话就好。"

"抱歉……"秦桑还想说些什么。电话忽然响了起来，看了一眼手机上的名字，是周家的保姆，她赶紧接了起来，"喂，许阿姨，怎么了？"

"秦小姐，你快点回来吧。钟小姐自己拿着行李要去美国了，已经上了出租车了，我怎么都追不上！"许阿姨急得都快哭了。

2

许阿姨原本只是来周家做钟点工，后来秦桑看她勤快人也和善，就与她商量请她来做全职保姆照顾，钟小姐自从那次的事后，整个人的状态都下去了很多。

对于许阿姨来说，这是一份好工作。收入比钟点工高不少，平时钟小姐虽然对卫生和饭菜要求高些，但很好说话也不难照顾。

今天不知道怎的，忽然拿起行李就说要去美国，她怎么拦也拦不住，她只能慌忙地给秦桑打电话了。

秦桑到底还是坐上了邹棉的车，因为她急着要赶去机场。

"钟小姐，是谁？你的外祖母吗？"其实很想干脆去找人调查她算了，但是又觉得，如果她亲口告诉他，应该会更好。

"是我男友的祖母。"秦桑很诚实。

她越来越能够真实面对自己的内心，当她越来越努力，越来越自信之后，她越来越不害怕成为一个有资格喜欢他的人。

"你的男友，他去哪儿了？"邹棉觉得自己问得很白痴，但是他又很想知道。

"在某个地方。"秦桑从眼神与语气都不曾撒谎。是，她知道，周衡一定就在某个地方，正在准备好向她飞奔而来。

秦桑在机场追上了钟小姐。

钟小姐那样的老太太，银发旗袍中跟鞋，到哪儿都是一道风景，所以秦桑很快就找到她了。

"我不回去。我要去找阿衡。"钟小姐挑了挑描画精致的眉毛，问秦桑，"我们一起去吧？你一定也想见他了。"

"但是阿衡并不在美国。"

"那他在哪儿？这是机场。他在哪儿我们就买去哪儿的机票好了。"

"阿衡有一些事情要做，他做完之后，就会回来的。"

"他还能去做特工了吗？这都一年多没有给我打过电话了。"

"不是。只是他的工作很特殊，不能给你打电话。"

"不能给我打电话。那他给你打电话了吗？喂，小伙子，你是谁？"钟小姐与秦桑纠缠着，眼尖地发现了站在旁边的邹棉，一生直觉敏锐的老太太嗅到了邹棉执着于秦桑的味道，"你在挖我孙儿的墙脚？"

"……"秦桑没想到老太太不但嘴利，言词也好潮。

"你好。我是邹棉，秦桑的上司。"邹棉避重就轻，点头行礼打招呼。

"你这个娃娃很聪明，但是不能抢我们阿衡的女友。"钟小姐说着话，要站起来，结果身体一晃，就往下倒。

"钟小姐！"秦桑眼明手快地将她抱住。

邹棉也迅速过来帮忙："这边有人晕倒了！请帮忙叫救护车！"

钟小姐在一团忙乱中被送到了医院，秦桑心余悸地给周楠夫妇打电话："喂，周叔叔，奶奶晕倒了。"

3

周楠夫妻赶到医院的时候，钟小姐已经醒过来又在药物的作用下睡着了。

周楠五十出头，但看起来保养得很年轻，似才四十的样子。他长相清秀，穿一件质地很好的中式对襟衬衣配唐装，整个人看起来非常有气质。完全符合周氏古典家具当家人的身份。

周楠的妻子宁绢是一位画家，浓眉大眼，人看起来很和气也很精明。她是主妇的同时也经营着一间画廊，待人接物都很周到。

夫妇俩育有一子一女，女儿周静书在国外留学。儿子周静海找了一个法国妻子，都没有在国内。

"周叔叔，宁阿姨。"秦桑上前打招呼，"钟小姐是心脏有些虚弱才晕倒的。她不能太激动，刚才醒过来后医生检查了。这是检查结果。"

"嗯，辛苦了。"周楠接过诊断书，很仔细地看。

他是周先生的养子，周先生是看中了他对古典家具的天分才收养他的。当时他已经十二岁了，早已记事的年龄。对于钟小姐这个义母，他更多的是尊敬，而不是亲近。所以，即使在弟弟出事之后，他也没有提出要回周宅一起住。一来他害怕妻子与义母难以相处好，二来也乐得清静。

秦桑出现在周宅他是知道的，他几乎每月都会回去看一看，时间虽然逗留不久，但见过秦桑几面。对于这个女孩子，他的印象不错，书读得好，工作也出色，比外面那些爱攀附的女孩不知道要强多少。而且他也看得出来钟小姐喜欢秦桑的陪伴。

"怎么想起跑去机场了？秦小姐，你把阿衡的事情告诉她了吗？"周夫人宁绢走近病房边仔细地观察了钟小姐的状态，眉目间都透着关怀，但她语气中有质问。

她与钟小姐一样，亦是上海女人，但与钟小姐完全不同的气质，钟小姐矜贵，她则十分洋气，这大概也是她与钟小姐难以相处的其中一个原因。

"气色比上次见到她的时候差了些。"

"没有说。医生说她的心脏不能受刺激，所以一直没有说。"秦桑从来没有打算说过。她不似周楠夫妇已经相信了噩耗，她坚信阿衡还在人间。

"她现时这情况，更不能说。"宁绢一直以来看不懂秦桑住在周家的意思，阿衡都那样了，她住了这样久也不肯搬，是要闹哪样。"秦小姐工作忙，我婆婆的情况又需要太多照顾，我们也不想太耽误秦小姐的时间，秦小姐打算什么时候搬出去呢？我也好做些准备，老公，我们是搬回去就近照顾，还是再找一个称心些的保姆，我每天勤过去看着些？"

周楠对妻子在这当儿上提这事有些不满，但一看到秦桑便也点头："秦小姐也到了嫁人的年纪，义母是我的母亲，我总不能自己不管全赖你照顾。"

"我并没有打算搬走。"秦桑当然也听得出周楠夫妻的意思，一个怕她照顾钟小姐是为了钟小姐的遗产，另一个，是觉得她年纪到了要嫁人怕照顾不周。"我会多注意，尽量正常下班回家。也可以多找一个保姆。"

4

"这……也行。也难得我婆婆喜欢你，只是辛苦你了。"宁绢并不纠缠，秦桑无名无分，钟小姐那样精明的人，也不至于将她与公公的爱宅给了旁人去。

虽然严格上来说，她和周楠也只能算是旁人。但周楠与周家虽无血缘，却一直以周家人自居，多年来不但尽了本分，而且将周氏家具打理得很好，公公在世时，两个儿子，都算是能做到公平看待的。

"我没事，是我应该做的。谢谢你们能同意我留下。"虽然她留在周宅与否，只能由钟小姐说了算，秦桑还是向周楠夫妇道了谢。

周楠夫妻走后，床上的钟小姐慢慢地张开眼睛，看着正仔细地查看点滴瓶与自己手上的注射液的情况的秦桑没声。

这女孩看着好说话，倒也不任人欺负。她并不反感养子夫妇，只是有些看不惯儿媳的性格，故从未想过要与他们一起住。倒是秦桑，又细心，又安静，合她的脾气。

钟小姐上了年纪循环不好，秦桑还用自己微暖的手指一下一下地帮她按摩着手臂。钟小姐醒了一会儿，她才发现。

"你醒了？"秦桑看着钟小姐微笑，"周叔叔刚走。你把我们大家都吓到了。"

"有什么好吓的。老了自然毛病多。"钟小姐朝她招招手，"扶我起来，想坐一会儿。"

"好。想吃点什么吗？"

"想吃云吞。"

"我打电话给小茧，让他给你买过来。"

"小茧是谁？"

"是我弟弟。"

"好，让他买。但如果买不到我喜欢吃的我就赶他走。"

"那你总得告诉我你喜欢吃什么。"

"就不说。"

"钟小姐，说嘛。"秦桑很会顺着钟小姐的话哄她，"我弟弟是乡下仔，好笨的。你不说他一定买不到。"

"乡下仔才要聪明些以后才好讨老婆。我们周先生追我的时候，从来都能猜到我喜欢什么。"

"可是我们小茧追的不是你呢。"

"那更要猜了。"

秦桑陪着钟小姐说着话，用手机给秦茧发了信息，离得不算远，但一个小时后秦茧还是拿着钟小姐最喜欢吃的云吞出现了："嗨，钟小姐。"

"你是秦桑的弟弟？"如同以往每一次，秦茧与周衡神似的笑容让钟小姐第一眼就喜欢上了他，"买的什么云吞？"她已闻到了她喜欢吃的那一家的香味。

秦茧与钟小姐聊着天的时候，抽着空儿告诉姐姐，那位经常接送她上下班的男子的车好像还等在医院外面。

秦桑觉得有些吃惊，随即觉得有些无形的压力涌上心头。早在钟小姐脱离危险时她就已经叫他走了，这又四五个小时过去了吧，他还等在外面是要做什么？

邹棉在车里处理让助理带过来的工作与文件。

他的特别助理是一个身量十分高挑的女子，一身利落的职业打扮，长发扎成了马尾露出了光洁的额头，与眉目十分俊美的邹棉相比较，她长得并不算特别美丽，但与普通的女孩相比，她当然算个美人，而且是那种落落大方充满了现代女性气质的美人。

她是赵如意。

5

除了非常熟悉赵如意的人，大概没有谁能将这个美丽大方、气质利落的职场精英女性与十七岁时那个胖得低头看不到自己的脚一脸青春痘的赵如意联系在一起。

赵如意有时候照镜子，偶尔也会被自己吓一跳。她的面貌，实在是变得太多了。所以，她也从不曾介意邹棉为何认不出自己，反而有时候会暗暗地庆幸，自己变成了今天的样子。

一年前她回国，一心一意只往梁氏应聘。听说他在招特别助理的时候，更是做足了准备。她要很努力很努力，以便能以更好的姿态待在他的身边。

幸运的是，她过关斩将，得到了他的特别助理这个位置。

她充分显现了自己的工作能力之后，邹棉开始给予她更多的职权与信任。梁氏虽然有不少副总，但没有总经理，总裁特别助理一职，与总经理无异。

此刻，她坐在副驾上，有条不紊地给他讲解与标注需要注意的地方与细节，眼神专注于文件，似乎从不曾被美貌如花的老板所吸引。

"赵小姐，你觉得我这个人怎么样？"原本专注于文件上的邹棉头也不抬，忽然问了这么一句。

"呃？"职场精英女性的面具，像一块透明的玻璃一样，瞬间从赵如意的脸上崩裂，小女孩的惊惶从她脸过一闪而过。邹棉正好抬眼看她，一向平静无波的眼睛里难得也露出了一丝错愕：赵如意做他女助理一年了，行事果敢，能力很强，做人做事一向雷厉风行，是全公司里有名的冰山美人钢铁美人，她的脸上几乎就没有过冷峻与职业性笑容之外的表情。

这慌乱，倒是第一次见……

"看你的表情，显然我这个人不怎么样。甚至，很糟糕。"邹棉收回目光，继续专注于文件上的内容。

赵如意不着痕迹地深呼吸几口，才将猛乱地跳着的心脏恢复原来的速度，表情也回归了毫无表情的专注："总裁为人很好。"

邹棉回了梁家后，名字前面就加了梁姓。但他并不喜欢别人叫他梁总。每当有下属或者客户叫他梁总时，他的目光里总会闪过一丝难以觉察的厌恶。赵如意十分仔细看到了这一点，所以她跟他一年，从来没有叫过他梁总，而是只称呼为总裁。

她不知道邹棉为什么会突然问起这一句。但是，显然与自己无关。有关的，大概就是很恰巧就在梁氏投资的研究室里工作的秦桑了。

两人一人看文件一人怀心事，都没有察觉令他们情绪变化的人已经走近了车窗边。

"邹先生，你好。"

邹棉马上抬头，他脸上的笑容几乎在听到她的声音的同时便扬起，一双眼睛似有星星在闪耀："嗨，你要走了吗？我送你。"

"那个，不是的。有些话想同你讲。"秦桑与邹棉说着话，礼貌地看向副驾上的赵如意点头表示抱歉，但看到赵如意的脸后她惊讶了，"如意？"

6

晚上十点多，赵如意终于下班。成为职场精英是需要付出代价的，为了做到最好，为了还能继续留在邹棉身边，她只能拼命努力。

赵如意有些疲惫地走向停车场的时候，终于发现了一直等在小路旁边的秦桑，她停下脚步，愣了一秒，才走了过去："你在等我吗？"

"嗯。一起去喝一杯吧。"与身高一百七十五公分的赵如意相比，秦桑要矮上半个头，她的身形比起赵如意要更消瘦些，穿一件灰蓝的毛衣外套，显得气质十分干净。

"好。"赵如意带头走向她的车，"秦桑，你为什么都不长身高？"

"大概营养都用来读书了。"她高中毕业后就再没长过身高了，显然赵如意高中毕业后又长了一些，"读博士花了大力气。"

"在向我显摆你是博士吗？"赵如意打开车门，话语里并不客气，但对于她来说，又是一种显示亲昵的方式，"我也硕士毕业好吗？"

"赵硕士你好。如意，你变得好好。"秦桑也上了车，坐好后一边扣安全带一边说。

她回国三年，她回国一年，两人大概都从家人的嘴里听说过对方的消息，只是没有见面过。昨天在医院门前一面，她很为她高兴。那个自卑的赵如意，终于变成了今天这个自信的赵如意。

"妒忌我吗？"赵如意打着方向盘上大路，"六七年不见，你竟然还是柴火妞。"即使在国外，赵如意也是身材火辣的中国女郎，追她的男生都是三五个在排队，她虽然并不喜欢他们也拒绝与他们交往，但却增加了不少自信。

"羡慕你。"秦桑轻笑，"瘦成了另外一个人，胸却还是以前的样子，是怎么做到的？请传授一下经验。"

"你就不要想了。你天生没料，除非隆胸。"赵如意用眼角余光扫了一眼秦桑貌似很平的胸，"你们这样的平胸妹是不懂我的忧伤的。"比如说运动的时候就会很尴尬。

"有多忧伤，好想体验一次。"秦桑脸上的笑容扩大，多年来她极少朋友，不管是同性异性都很少，重遇变得这样好的赵如意，让她感觉很好。

"据说结婚生孩子后有二次发育机会。你努力吧。"赵如意的脸上还是没有什么表情，但是她的眼里已经带着笑意，"学霸的资料很有用。谢谢呀。"当年秦桑寄给她那些留学资料，当真是帮了她的大忙。

"不客气。其实我自己都在申请签证的时候吃了很多苦头。"

"学霸是不容易受欢迎的，上帝毕竟公平，总不能让你什么都得了去。"

"我还是很幸运。"

"羡慕你呀，秦小姐。"

"你也很招人妒忌呀，赵小姐。"

两人聊得很愉快，到了酒吧后，点了些东西开始喝酒聊天，拒绝了好几波想过来泡妞的男人后，赵如意终于不耐烦了，拎起酒瓶拉起秦桑就走了出去，两个人到了江边的草坪上继续喝。

赵吉祥来的时候，惨不忍睹地发现他两个如花似玉的妹妹正在草坪上又唱又跳，完全没有什么形象可言。

7

赵吉祥将赵如意和秦桑塞进后座，帮她们系好安全带，一脸的嫌弃一脸的心痛，自己刚买的新车被她们熏得酒气冲天。

"喂，秦桑，赵如意管不住自己，你倒是管管她呀，喝成这样简直了！"

"哥，对，对，对不起。"秦桑的脑袋晕乎得说不出完整的话了。

"哥！哥！你知道不知道秦桑这丫头有多傻？她竟然在等一个死人。她好傻呀。"这一场酒，倒是把姐妹俩的心事都说开了。赵如意直接问秦桑喜不喜欢邹棉，秦桑也直接告诉赵如意就是因为不喜欢所以才觉得困扰。自然，秦桑也说了自己为何不喜欢邹棉。因为呀，她心里有了周衡。太喜欢太喜欢周衡了，所以，就再也不能喜欢上别人了。

"你才傻。你守着他却不敢动手，你才傻。我的阿衡要是在我面前，我一定扑上去，绝对不给其他女人机会！"喝了酒的秦桑勇敢许多。

"秦桑！我好羡慕你！你怎么会这么幸运！你喜欢的人刚巧也在喜欢你！"

"我才羡慕你！你喜欢的人还好好活着，就在你的面前。多好！太幸福了！"

"可是他不喜欢我，秦桑，好惨。他不喜欢我呀。"

"可是他不在我身边，我也好惨……"

开着车的赵吉祥，听着后座上两个容貌能力都已经走上同龄人的人生巅峰的妹妹，在互相诉苦，一张方正敦厚的脸青一阵白一阵：就知道那两个小子都不是好东西，把他的妹妹们都骗得这么惨，等他有机会，一定好好教训教训他们！

德国某疗养院的贵宾套间里，一个被疼痛折磨得满头大汗的男人正扶着复健器材慢慢地移动着高大却瘦削的身体，他浓密的眉深锁，嘴唇因为忍耐着疼痛而紧抿着，但眼睛里却是无法止住的笑意：她喝酒了，竟然这样好玩。

床上一个平板电脑正在重复地播放着一段录音，录音里是两个女孩子语无伦次的唱歌和对话。

"那个周衡到底有什么好？他都挂了你还在这里等他。"

"喂，你再敢说他挂不挂的我要打你了呀。我，我说了，他一定还活着。他一定会回来的。"

"鬼才相信！他既然那么喜欢你，活着的第一时间肯定是联系你的嘛。不是说出事之前还约你情人节一起晚餐了吗？怎么会活着却一点消息也没有？"

"他当然有他的理由嘛。你不要再问了啦。"

"你这么蠢，他怎么会喜欢你，好奇怪呀……"

"你才蠢呢，我们同岁，我博士都毕业了……"

"喂，博士很讨厌耶，很多博士都是嫁不出去的老处女……"

"我们阿衡才不会让我做老处女呢……"

"你们拉过手吗亲过嘴吗就敢说你们什么什么的，要脸不……"

"你才不要脸……你都不敢向你喜欢的人表白……"

"说得好像你敢似的……"

"月儿明风儿静……"

"喂……我不想睡觉啦……沧海一声笑滔滔两岸潮……"

"月儿明风儿静……"

8

豪华套房外间的沙发上，再次被周衡找到并且再次沦为专门为周衡搜集秦桑的有关信息的胡一桦放下手中的电脑，抬头问正坐在桌子边一脸习以为常地处理各种财务信息的唐信："喂，周衡一直都这么变态吗？"

要知道从三天前他把秦桑在江边喝醉酒的视频与录音拿来到现在，他已经看到他重复地听了无数次了。不，是无数个无数次了。

那家伙几乎醒着的时间，就在听。

"没。以前只是看照片。"周衡简直已经把与那个女孩有关的一切当成了止痛药。

"周衡已经变态了，你觉得呢？"胡一桦下了结论，从成功地控制他千里送电话那一天开始，哦不，或者应该说是更早的时候开始，他简直就成了秦桑的专属摄影师，搞得他原本除了玩游戏还挺喜欢的摄影现在变成了鸡肋，谁愿意只去拍周衡规定的东西呀，这天下还有王法吗？呃，如果他永远都赢不了周衡的话，还真的没有什么王法……

"还好。挺正常的。"唐信算半个孤儿，从小就十分穷困，但他对数字的敏锐程度从小就异于常人。只是从来没有机会施展。

十五岁那年，有一个神秘人愿意资助他学业，从他高中毕业开始，就不断地将手里的巨额资产交由他管理，渐渐地，当他成为纽约最著名的股市狙击手的时候，他好奇是什么样的人看出了他的才能又能充分地信任他将那样巨大的资金交给他管理。

但不管他是将那些钱翻了倍，还是赔得差点儿翻不了身，那个人都没有出现。

唐信追查过他手里运作的巨额资金的来源，但只查到属于十九世纪一位钟姓华裔便再无更多的信息。

直到两年前，周衡忽然给他打电话。他才与这位神秘的金主见了面，然后他惊讶地发现，他竟然还比他小一年。

唐信一开始也十分好奇，周衡的身体里到底住着什么样的灵魂，才会在他十三四时就敏锐地把自己猎为部下，一步一步地培养成今天这个每天替他看报表管理钱财的打工狗……虽然他现在的身家早已不需要替他打工……但是，管理更多的钱当然更有挑战性，所以，打工狗就打工狗吧……

"他这样还叫正常？"身为情商比较简单的游戏控胡一桦，当然不知道当年的高中同桌是一位隐藏得那么深的人物。

在他眼里，依靠听着秦桑的声音撑过了痛苦的复健期的周衡简直就是一个变态，一段录音反复听了千万遍，换他早吐晕了。

"身为一个腿骨已经全部换成太空生物材料的人，确实不太正常。"唐信沉吟一秒，很认真地回答了胡一桦。

把原本碎裂的骨头全部摘除，然后换上用最新科技声称能够生长的太空材料的骨头，然后日复一日地忍疼痛让陌生的新骨头与旧的肌骨融合妥协，光是用想的，胡一桦都觉得自己的两条腿在害怕得颤抖。

"他不会痛得变态掉吧？"

9

"难说。"唐信现在对周衡除了服气还是服气。

一个人类，他从飞机上掉下来，在河里被摔断腿骨不知道漂流了多久，接着在一户简陋的人家里晕迷了三个月，他居然还能准确地记得他的所有信息，并且成功地让他找着了地方，中间经历的疼痛与绝望，只会比现在更惨烈。

经历了那样的灾难的人，要想让他还像以前那样没心没肺地笑对人生，那也太可笑了。根本不可能。

"他真的还能好起来吗？能走路？"胡一桦因为好奇而去向唐信打听过周衡经历的事情，虽然他也相信科学，但是，把人体里的坏骨头换掉，这真的不只是一个科学设想吗？

"只要他能忍过这两年的疼痛，维克说可以。"唐信有七分相信周衡可以完全恢复，毕竟他没有与以前的周衡相处过，并不知道他以前热情开朗到可爱。

在唐信真正见到周衡的时候，他已经是一个从地狱归来的男人了。虽然，维克说在目前的相同病例里，还没有出现过能忍耐过这些长久无止境的疼痛的人，甚至有的人，痛着痛着就放弃了，甚至痛死了。

"Hello，周变态……哦不……阿衡今天还好吗？"随着敲门声响起，扑克脸的维克一本正经地说着调侃周衡的话。身为周衡的主治医生，他很希望周衡成为这项技术诞生以来的第一名康复患者。但是他比任何人都明白，那些疼痛极限几乎上人体无法承受的。

"维克。给我滚进来。"周衡的声音从里间响起，他的声音变得深沉而富有磁性，似乎很冷漠，但又充满着力量。

"抱歉。我有腿我不是球，我一般都用走的而不是滚。"维克潇洒地推开里间的门，尽管他已经快速躲闪，但半杯水还是连杯带水正中了他的面门，他的万年扑克脸也有了表情，"周先生，这样虐待你的主治医生真的好吗？"

"所以我是个变态。"已经做完复健并且坚持独立完成了沐浴的周衡一脸清爽地坐在床上，已经关掉的平板电脑安静地躺在他的旁边，锁屏是一个秦桑的照片。

"好吧。有哪里不舒服吗？或者是觉得有什么不对吗？从你能站立起来之后，你就一直坚持自己沐浴，请问是生理功能出了什么问题吗？不要害怕，我是最好的医生，我能帮你的，如果想解决生理需要，我也可以帮你找热情的德国姑娘……啊……"维克还没说完，便被一条浴巾蒙了一脸，其实他也不想这么聒噪，作为一个医德完美的医生，他只是想转移病人对疼痛的注意力。

"昨晚凌晨三点到四点，疼痛减轻了大约一个度。"从手术完成到现在，快半年过去了，他只是想向维克确认真的有进展。

"真的吗？上帝！你要成功了！我马上去安排检查！"维克连说笑话都板着的脸上，难得露出了兴奋的神情，他想他要见证一个划时代的医学奇迹了。

秦桑，等着我。

走遍千山万水，只为遇见你，海未枯石未烂，我怎舍得离你而去。

10

清晨，一身灰白配套装的赵如意走进电梯的时候，刚下飞机就直奔公司找弟弟的邹欢从后面冲了上来："哎，请稍等。"

赵如意伸出手按了开门按钮，比起七年前更添美艳的邹欢微笑着向赵如意道谢："谢谢你。"

赵如意实在变化太大了。邹欢只觉得眼前这个女孩有些眼熟，但想了好一会儿都没敢认。直到赵如意率先走出了电梯，她才试探性地叫了一声："赵小姐？是赵如意小姐吗？"

"是我。你是……大小姐？抱歉！大小姐变得太漂亮了，我没有认出来。"赵如意没有说谎。邹欢变得更成熟美艳，当年的长发变成了短发，又戴了墨镜，所以她一时没认出来。

听赵如意叫自己大小姐，邹欢心里有些不舒服，意思就是，她来梁氏工作了？

看到赵如意熟练地带着自己进了邹棉的办公室，其他的秘书与助手都很尊敬地称赵如意为赵小姐的时候，邹欢心里确定了，这个女孩，她为了小棉，已经走到这里来了。

趁着邹棉还没有到的一点时间，邹欢叫赵如意在沙发上坐下，很利落地从包里拿出一张卡递给她："密码是六个 0。这样多年我和小棉一直都很感激赵小姐当年的仗义相助，这张卡里有五十万。我一直带在身上，一直都想着什么时候遇到赵小姐一定马上把钱还给你。"

邹欢的语气很真诚。对于赵如意当年的帮助，她是真心感激的。但是，她现在不能明白的是，赵如意到底是为了什么才来到邹棉身边，难道，仅仅只是工作上的巧合吗？

"赵小姐，我可不可以问你一个问题？"邹欢最终还是决定问出口了。弟弟二十七了，从来没有交过女友，男女方面干净得她都要怀疑他的性取向了。"是比较隐私的问题。"

"大小姐你请问。"赵如意并不喜欢邹欢急急还钱的方式，因为她当年明明拜托过她，不要让邹棉知道是她给的钱。

"你在这里工作，是因为小棉，还是因为小棉的身份？"问完之后，邹欢觉得自己有点讨厌，毕竟当年她和小棉只是一个小小租房户的时候，赵如意就已经敢拿出那样大的一笔钱来给他们了。说起来，那时候甚至都只是素不相识。但要心里完全不介意也不可能，因为，那个把小棉害得进了看守所的人，正是这位赵小姐的父亲。

"抱歉，我不想回答这个问题。会议时间到了，我先去忙着，大小姐请自便。"赵如意直接拒绝了邹欢的问题。

她不想，也不稀罕回答这样的问题。她还是喜欢像秦桑那样的，一眼就看得出她在这里工作根本不是为了工作，而是没志气地为了追男人。

　　"赵助理，会议的资料准备好了吗……姐？你什么时候回来的？怎么不叫我去接你？"仍然在坚持做秦桑的司机的邹棉急匆匆地走了进来，看到沙发上站起来对他笑的美丽女人，他难得露出了惊喜的笑容。

漂　洋　过　海　来　看　你

第九章

所有的深爱都是秘密。

所有的秘密，都经不住隐藏。

1

"我怕你太忙呀。不过我一下飞机就直接来公司了，行李是直接找托运公司搬回去的。"邹欢张开双手与已经比她高许多的弟弟拥抱。

回想起十年前妈妈去世时那个强忍悲伤眼睛里却充满无措的小男孩，现在已经变成了独当一面的男人，她的眼眶都有点发热："小棉，见到你真好。"

"我也很想念你，姐。"邹棉看起来是真的很开心，他平时一向浅锁着的俊眉舒展开去，好看的眼睛浅浅的弯了，好看的唇角翘起。

"赵助理，帮我在附近订一间房。姐，你先去休息。我忙完过去找你，我带你去吃好吃的。"

"好的。"赵如意轻轻地退出去。她只觉得此刻的邹棉整张脸都在散发着一种温暖而迷人的光芒，与他认识那样久，在他身边待了一年，她从未见过他脸上有这样的表情。他一向都是冷的，但这一刻，他暖得想让人不由自主地靠近他。

当然，他也有更迷人的时候。看到秦桑时，他眼里的执着与深情，简直能让人溺下去。当然，溺的人只是她赵如意，心有他人的秦桑竟把他的深情看成了困扰。

一条小巷子的汤面店里，邹欢看了周围一眼，露出会心的笑容："总裁先生，你公司最近是不是经济不太好呀。招待远道而回的姐姐，居然来这样的小食店。"

"我敢打赌待会儿你会吃完一整碗鱼丸面。"邹棉细心地给姐姐拿筷子，这是他们没有回梁家之前经常会来的一间面条店。姐弟俩都喜欢吃这里的鱼丸面。邹欢已经无数次在电话里提到想吃了。

"唉，吃货的世界你不懂。只要有得吃一定要吃完，所以我胖了。"英国的炸鱼排和奶酪确实让邹欢比以前丰满了一些，但美人就是美人，并不显胖，只是多了些成熟风韵。

"你的意思是吃完面之后让我再去给你办一张美容瘦身贵宾卡对吗？"邹棉心情很好，笑容也多，"知道了。会给你办的。"

"一张美容院贵宾卡就打发我了吗？说好的鹿晗和吴亦凡呢？还有李易峰胡歌我也想要，杨洋也好可爱，对了，盛一伦也是新的小鲜肉哦。"邹欢想起了那时候的戏言。那个时候，她绝没想到弟弟会忽然决定要回梁家，违背了母亲的意思认祖归宗后，弟弟好像就不再是弟弟了，她这个姐姐就成了被他保护的人。

邹欢从来不知道，弟弟不但聪明，而且心机深沉。

父亲的再婚妻子与孩子一开始对他们姐弟诸多刁难，但那些刁难从来没有落到邹欢身上过，因为回去两个月之后，弟弟就坚持让她以游学身份出国，又鼓励她考上了自己喜欢的大学与专业，每月大笔的钱打到她的卡上。

每次问他，家里怎么样？他都说很好。

她每次都不相信，都追问。但他总只是说很好。

2

前年她回来的时候，父亲已经与再婚妻子离婚了。两个孩子据说只有妹妹是梁家的骨血，弟弟是继母与他人所生。这也是继母被赶出梁家的原因。

这些几句话就交代了的结局，中间到底经历了多少的挫折？邹欢无法想象，只觉得她的弟弟忽然之间就长大了，再也不是需要她小心保护的小男孩了。

"花心不好哦。我听说杰森比较爱吃醋。"邹棉对姐姐的情况并不是不了解,但凡有机会去英国,他都会顺道去看她,知道她有一个英国男友杰森。

"我们分手啦。"邹欢说完这句,眼睛却不由自主地看了周围一圈,按照她以往的经验,每次她只要逃跑,二十四小时之内杰森肯定会追随而至。就算杰森在最晚时间发现她离开,现在也已经超过二十四小时了吧?

"是吗?恭喜你分手哦。"邹棉大口地吃着面,他很高兴能像从前一般一起吃面。

"有没有人性呀?你的亲姐姐失恋了你还吃得下。"邹欢虽然这么说,但筷子可没停下,虽然杰森没追来好像有点失落,但是面还是很好吃的。

"那个,小棉,你的那位特别助理赵小姐,她是谁?"邹欢不能确定邹棉是否记得赵如意,毕竟她印象里的她是个又胖又自卑的少女,不知道邹棉眼里的赵如意是什么样的。

"麻省理工的高才生。熟练掌握英、法、日三种语言,还会说粤语。能力很强。"邹棉对赵如意的评价,就像所有的上司评价得力的下属。

"不觉得她长得漂亮吗?而且帅气利落,气质很好。"邹欢一边问,一边仔细地观察弟弟的神情,然后她很失望地确定,这完全是落花有意流水无情的戏码。

"嗯。一定程度上,她代表了公司的形象。"招个能力很强的丑女和招一个能力很强的美女之间当然是要选后者了。

"没有想过和她有其他可能吗?"邹欢已经对弟弟的无知无觉表示无语,只能出言提醒。

"什么可能？给她升职吗？嗯，看她表现了，更好的话就让她升职。不过她现在在公司里权力已经很大了。"邹棉真心从未想歪过，"姐，你对职场有兴趣？要来一起上班吗？我正好想休假。"

"我学的是艺术专业。不想公司倒闭的话你还是死了休假的心好。"邹欢很感谢弟弟，让她有了按照爱好去生活的机会。要知道，穷人是读不了艺术系的。

"那你这么关心公司的事干吗？"

"我只是关心你的女助理有没有喜欢你！"

"难道你的弟弟不值得所有女助理喜欢吗？"

"你这么笨，喜欢你的女孩真是不走运。"

"……邹小姐，再说我笨李易峰见面会的门票就不给你了哦……"

"好呀，开始威胁你姐了对吧……"

3

邹棉这一天，在合欢街街口等了许久，上班时间已经过去了一个小时，还是不见秦桑的影子。

他打电话到研究室间，负责人恭敬地告诉他秦桑休假了。

他又打了秦桑的电话，她说在机场。

"嗨，你去哪儿？我也刚好休假，一起去吧。"邹棉沉默了一秒，才有勇气说出了这一句。

但秦桑早已把电话挂掉了，也不知道是没听到，还是听到了根本不在意。

失落从心底像水一样一点一点地漫上心头。回到公司的时候，邹棉挥挥手，让正打算报告一天行程的赵如意出去，他一声不吭地跌回椅子上，向后靠着椅背，闭上了眼睛。

关上门的瞬间，赵如意看了一眼浑身上下都写满了失意二字的俊美男子，她的心一下子就软了。

跟在邹棉的身边一年多，她能记住他的每一个表情与细节，甚至能通过他的表情掌握他的情绪动向。她清楚地知道，此刻他的失落，不外乎与秦桑有关。

赵如意给秦桑打电话，关机了。

赵如意给秦茧打电话问，秦茧说，秦桑去德国了。

赵如意知道秦桑每月在研究室工作加班，周末从不休息，条件每三个月能休假十五到二十天。

去哪儿？秦桑没有说过。其实也不难猜，无非是与周衡有关。

下班的时候，邹棉已经回归了工作状态，赵如意看了看行程表后，让两个秘书先下班，她继续在办公室外面守着。等邹棉从办公室里出来的时候，已经是深夜十一点了。赵如意饿得胃都已经开始隐隐作痛，但她仍然从座位上站了起来："总裁。您还没有吃晚餐，需要为您订餐吗？"

"不订了，出去吃吧。你也没吃，一起去吧。"邹棉只看了赵如意一眼，便迈开长腿往外走去。赵如意赶紧拿起包就跟上，当然没忘记拿着明天的工作行程表。

邹棉开车的时候，赵如意在整理明天的行程表与会议资料，她工作非常勤奋，但凡给到邹棉手上的资料，她基本都能熟练记忆，会议上任何有关资料的问题，一般都是由她来补充回答，从来没有出过错。

"赵小姐习惯吃中餐还是西餐。"邹棉这是第一次与赵如意一起单独吃饭，商业聚餐倒是参加过很多次，但那种场合，他根本不需要询问助理的食物爱好。

"我都可以。现在时间比较晚了。路口前面右拐有一个意大利餐厅，食物还可以，停车也比较方便。"赵如意从文件中抬了一下头，对邹棉做出了建议。

她提醒自己，这不是约会，这只是安慰饿痛的胃。

4

"我姐说得没错，你确实与其他女孩子不太一样，是个很好的助理。"点完餐后，邹棉看着还在一堆资料里用功工作的赵如意，想起了姐姐的话，不禁多说了一句。

拜自己这张俊美的脸所赐，这些年他不是没有女下属女客户示好，就是太多了，所以才觉得坐在他的副驾上还能努力工作的赵如意有些不一样。

甚至，与对自己无心的秦桑有些相像。

"谢谢总裁。我会更努力的。"赵如意露出了一个职业性的笑容。

邹棉看了一眼她的脸，心里不知道为什么觉得有些不舒服："不想笑，可以不笑。这并不是工作场合。"

"呃？"赵如意一向似经过专业训练的完美表情又似有一点碎裂，但这一次她很快就整理好了，"让总裁见笑了。抱歉。"

食物上来后，两人都沉默地吃着饭。

赵如意几乎不敢抬头，眼睛也不敢离开食物。紧张感像高中时那样又不知不觉地跑了出来，当她不工作的时候，她很难在邹棉面前保持她想保持的姿态。

"不必太紧张。这算是工作餐，我会付账的。"邹棉轻松许多，秦桑给他的失落长年存在，多了也就习惯了。

他看出来赵如意的紧张，所以出言宽慰，以示他其实是一个厚待员工的老板。

"我吃好了。谢谢。"因为太紧张也因为太专注于食物，赵如意有点咽着了，说完谢谢，她便开始打嗝。

看着邹棉忽然露出来的笑意，她几乎想马上挖个洞钻进去再也不要出来。

"抱歉，我并不是嘲笑你。我只是觉得你与平时有些不一样。"邹棉笑意未改地看着一声又一声无法止住打嗝的赵如意，还算体贴地把水杯递给她，"喝点水，看看会不会好一点。"

赵如意喝了水，想强忍着，可打嗝却更厉害了，她慌得整张脸都通红了。她想逃跑，因为她觉得自己再不离开，一定会羞窘而死的。

"赵如意。"

"嗯。呃！"

"我喜欢你！"

"啊！"赵如意张开了嘴巴瞪大眼睛，瞪着对面忽然说了一句惊天动地的话的邹棉，她震惊得足足有十多秒钟都没有呼吸：他刚才说什么了？他说，我喜欢你？

邹棉脸上的笑容更大了，也一直盯着她惊讶的脸不说话，又过了好一会儿，确定赵如意不再打嗝后，他才说："原来惊吓真的有效。赵如意，你不打嗝了！"

"……"面对俊颜如玉的男子，赵如意不知道应该说什么才好，好半天，她也确定了自己不再打嗝之后，才喃喃地说了声谢谢。

5

"游戏公司与社交软件方面的投资回报率比上个月下降了两个百分点……"唐信拿着报表，面无表情地在讲公事。

一向永远在游戏里奋斗着的胡一桦今天破天荒地也正襟危坐，眼睛一动不动地非常诚恳地盯着正双手扶着窗台背对着他们站着的高大男人。

他好害怕。怎么办？他只是会玩游戏，又没说会做游戏公司还一定会挣钱，阿衡所有的投资里，只有他的游戏公司整个季度都在亏损，已经变态的阿衡会不会杀了他？

这是在德国！他不想死在异国他乡呀！

虽然回国后也没几个人介意他到底死不死，但是他真的不想死呀。

"胡一桦，你玩游戏这么久，你就不能设计一个所有人都玩不过你，但又都想玩的游戏吗？你想死可以，但是跟着你干活的小孩们可指着你吃饭呢。下个季度，你自己给他们开薪水，直到你的项目挣钱为止。"周衡的声音似与以前一样，但又有了许多不同，长期忍耐疼痛以及受伤让他原本爽朗的声线变得有些暗哑低沉，多了一些沧桑感，也多了一些霸气与冷酷。

"阿衡，我很穷……"胡一桦才说了几个字不敢再说下去了，与在场的两个男人相比，他真的很穷。

周衡真是个变态！这几个月不断地逼着他突破各种极限，好像他自己变成个变态后，周围的人也要变成变态一样。

"胡一桦，你心里在骂我变态吗？"周衡的声音平静无波。

胡一桦心里一凛，赶紧堆上笑容："怎么会？你简直是我的偶像！这世界上就没有你做不到的事情。"

胡一桦根本猜不透周衡的心思，上帝能不能告诉他，高中时那个青春可爱开朗爱笑的同桌去哪儿了？是不是被眼前这个冷酷的男人换掉了？但是不对呀，如果换掉了，为什么还能对那个叫秦桑的姐那么执着？

想到秦桑，胡一桦像拿到救命稻草一样一下从沙发上跳了起来，掏出他刚才不敢玩儿的手机，翻出他为了好玩和游戏公司的几个小孩一起设计的一个黑客程序，快速地输入秦桑两个字，然后，软件便连接到了地图上。

再然后，便有几个红点分时间次序地闪动起来："告诉你一个好消息。秦桑来德国了。"

"什么？"窗台边的男人猛然转身，仍然没有完全适应的身体在剧烈的疼痛中让他歪了一下差点儿跌倒，幸好他的另一只手仍然抓着窗台。

稳住了身体后，周衡眯起眼睛看胡一桦手里的手机："你怎么知道的？手机里，是什么东西？"

"你答应我不罚我自己付工资我才能说。"胡一桦攥紧手机，想在周衡可怕的目光下谈点条件。

6

"我认为主动交代比威胁更有效。"旁边的唐信适时提醒。

一开始的时候，他也有点不明白，为何周衡这样的人会与似乎只会玩游戏的胡一桦成为朋友。而且还是从高中就认识的死党。

但当周衡在三个月前忽然让他收购了一间游戏公司把胡一桦扔过去之后，他发现这个游戏癌上身的家伙还是有点料的，至少在对于软件开发的新鲜度上，这家伙完全与公司里那些玩黑客出身的小子是一伙儿的。

周衡只是盯着胡一桦，完全没有说话，只等他自动拱手送上。

胡一桦妥协了："我先说明呀，我们这只是随便玩玩，这个软件是地图为基础，可以入侵所有联网的摄像头和电脑……你没听错……是所有的……如果你想找一个人，就……"

听胡一桦有些结巴地介绍完之后，周衡看了一眼满脸都是兴趣的唐信："唐信，再拨一笔钱给他，让他把这个软件完善，三个月之后要么上市要么卖给出价最高的人。"

"三……三个月……但是……我们只是弄来自己玩的……"其实一开始主要是周衡总是叫他去查秦桑的消息，他懒得自己跑，就总想如果有个软件就好了，于是……但是这软件如果要完善上市那可是一个大工程，胡一桦忽然觉得自己给自己挖了一个很大很大的坑，这辈子好像都不太容易填上了。

"两个月？"周衡看着胡一桦手机屏幕上那个代表着秦桑的红点，脸上露出了长久以来都没有出现过的笑容。

"不不不！三个月，三个月！"胡一桦赶紧答应，他觉得接下来的时间，他和公司里那几个臭小子大概都不用睡觉了。一想就觉得人生好凄凉。

不过，再凄凉的人生，比起据说现在还无时无刻不在与十级以上的疼痛作斗争的周衡，好像真的不算什么太大的事。

"滚回公司去，帮我把维克叫过来。"周衡现在看胡一桦各种不顺眼，特别是一想到他竟然是那个比他更早知道秦桑的消息的人，更早看到秦桑的人，更早听到秦桑的声音的人的时候，就觉得，有点想捏死他。虽然他叫他来德国，就是为了让他做与秦桑有关的事情的。

"我来了。今天我查过房了。现在叫我有什么事吗？"维克很快就出现了。但是，他站在门口没进来。

这段时间以来，他被周衡这个伤员各种"欺负"的经验告诉他，站在门口是最安全的。重要的是绝对不能靠近周衡半米之内。

上次，凌晨三点到四点的疼痛级别在减轻一周之后忽然加重的时候，维克就结结实实地吃了一次亏。

他怎么也想不到，周衡这个时刻都在被十级以上的疼痛折磨着的男人会用他出乎意料的灵敏与力气给他一个结实的过肩摔。

一个正常的健康的男人，居然被一个两条腿的骨头都不是自己的男人打倒，说出去真是太丢人了。

7

"你可以再走近一点说话的。"周衡量慢慢地坐回沙发上，有些缓慢地移动双腿让它们伸直到面前的专门按摩器材上。

"不，我站在这里就能听得很清楚。谢谢，这里很凉快。"维克一本正经地回答，坚决不靠近周衡。

"有没有什么办法可以让我暂时不痛一个小时左右。"周衡用他明亮又深邃无边的眼眸看着维克，他的眼神让维克很慌张。

"有倒是有，不过……"不过有后遗症，这种后遗症有点莫名其妙的搞笑，就是像性兴奋剂一样令人莫名其妙地一边痛得要死一边兴奋得要死，这种止痛剂是专门针对周衡这样的病例研发的，但不知道为什么居然有那样变态的副作用……

"把话说完。"

"可以令你不痛半个小时，但是接下来的十个小时里，疼痛会翻倍，而且……"

"维克先生，话说完整是一种礼貌。"

"而且会令你的老二兴奋至少三个小时。别瞪我！这是临床效果……你又没试过，我怎么知道在你身上会发生什么……"

"没有了？"

"没了。"

"给我。"

"可以问一下你要干吗吗？"

"亲爱的维克先生，我说过，知道太多会死得很快的。"

"好吧……"

走出门外的维克还是没忘记问与他一起出来的唐信："唐先生，阿衡要止痛药做什么？他痛得太久了，那玩意儿止痛一分钟都有可能让他成瘾。"

唐信对于他的好奇，只回答了这么一句："爱情这玩意儿，就是这么莫名其妙。"

维克愣了一会儿，才想到周衡有可能是要去见秦桑，哇哦，好期待，会干柴烈火不会呀，要不要翘班去看看呢……

秦桑下了出租车，并没有往酒店里面走，反而转过身，往周围四顾。

她有一种强烈的感觉。他就在附近，而且他看见她了。可是，为何他不出来相见？是她的错觉吗？

离她几米之外的一辆黑色豪车里，周衡原本深邃的眼眸此刻深得更像无边的黑夜，他的拳头紧紧攥着，手背上青筋暴跳，他在忍耐跳下车去拥抱她的冲动。

她瘦了许多。

周衡这么想的时候，完全意识不到他自己也因为长期的疼痛折磨而消瘦。

他很想下车去拥抱她，告诉她他很想念她。想念得整个人都要疯掉了。

他以为时间会治愈一切，但时间却并未成为他的良药，反而更积累了他对她的执念。

就因为已成执念，所以，才不能把她拉入他的未知。

他不知道自己接下来会如何，是疼痛向他妥协，还是他妥协于疼痛，或者是他与疼痛一起消亡。

不管是哪一种，他都不想让她与他共同经历这过程。如果，他是说如果，如果她还爱着他，那么，她一定会感觉到他的疼痛。他不想让她痛。

他一个人痛，就足够了。

如果命运与意外都无法反抗，那么，他宁愿一个人面对。

8

他一定在周围。

他一定离她不远。

秦桑在酒店门口站了一会儿，忽然飞奔向停在路边的车，开始一辆一辆地往车窗里查看。

她还是那么敏锐那么聪明。

周衡伸出了一直隐忍着的手，他伸向车门，却没有开门，而是按了一个按钮，车窗玻璃顿时加上了一层。

只隔着一层玻璃，周衡能清楚地看到秦桑的掌纹，与她凑近的瞳孔的颜色。

在外面跑了一天，在各个医院四处打听一个叫周衡的中国男子的消息，她的脸色有些疲惫。但她的一双丹凤眼却透着一股晶亮的希望，那个希望呼之欲出，让她整个人都像一个会发光的天使。

周衡隔着玻璃，用手指抚过她的眼睫，有那么一秒钟的时候，周衡很希望时间能够静止，就静止在这一刻。

他与她只隔着一层车窗玻璃，他的掌纹印上了她的掌纹，他的手指抚过了她的眼睫。

但在秦桑这一面看来，这一辆车里空空如也，什么也没有。

她急于证实自己的直觉，急于证实他的存在，她飞快离开。

车窗上的那只手，忽然一下子就冷掉了。

两条腿那种熟悉的又无法挣脱的疼痛，也慢慢地回来了。周衡慢慢地收回手掌紧握成拳，按开前后座的隔断，对驾驶座上的唐信说："找人保护好她。她安全回国后，就在合欢街45号的隔壁买一个房子。"

"是。"唐信一边答应，一边飞快地在脑海里分析在上海合欢街对面买一个房子的数据，显然并不是一项好投资，但从长远看，也许还不错。

"在她房间的隔壁开一间房。送我上去。"半个小时的止痛药效已经过去，两腿的疼痛在急剧加强。维克说得没错，疼痛程度比之前更尖锐而难以忍受。

"好。"唐信马上把车开入了酒店的地下车库，由内部直达电梯将周衡送到了房间里。将周衡扶到床上坐下后，他本来还想问，止痛剂的另一个副作用如何解决，但看着周衡冷得快要让周围结冰的脸，他还是没敢问出口。

维克就八卦多了，他特意找到独自回到医院套房的唐信，板着他从来就一本正经的脸追问与周衡有关的八卦："那个，你给他找小妞了吗？哦不，我不应该这样问。是，周衡打算和秦桑那什么了吗？"

"你为什么不自己去问他？"

"我倒是想问，但是不敢。不过你真的不好奇吗？那药的副作用等于一粒伟哥呀。而且周衡虽然腿受伤，但他其他功能都好正常的说……"

"维克医生。"

"请说。"

"周衡经常说知道得太多会死得很快。我觉得这是一条真理。"

"你们中国人太聪明了，真讨厌……"

9

春天的时候，学校为了奖励秦桑的研究成果奖励给她的房子装好了，秦桑让秦茧回老家将父母都接来了。

这一年她的计划很多，将父母接到身边，让母亲过她想过的生活，给父亲做心脏手术，还有，如果可以，将父母介绍给钟小姐认识。

不管周衡什么时候回来，她已经将钟小姐当成了生命中最重要的亲人之一。

她的终身事，是搬进新家，决定了父亲的手术日期的那天提起的。

父亲没有提。只是一直微笑着忙这忙那，秦茧在旁边吹牛，说将来一定给父母买更好更大的房子，绝不能被秦桑一个女娃娃给比下去。

"阿桑有没有喜欢的人？不要光顾着我们，遇见喜欢的人，应该考虑结婚。"章小素也非常高兴，一直忙进忙出地做饭收拾。她爱这个新家，这里有她的爱人和孩子。

章小素是一个娇小善良的南方女人，二十岁就嫁给了秦海，女儿出生那年，秦海被确诊为先天性心脏瓣膜缺失症，已经发作过一次，往后只能小心养着，不能激动不能生气，也不能进行强体力劳动。她只能自己撑起家。

幸好，两个孩子都聪明又懂事。她供不起，女儿照样考上了大学，又凭自己的本事去留学，回国后还做了这么出色的工作，想想都觉得命运从不曾亏欠自己。

只是，女儿回国三年多了，从二十五到二十八，从来没有提过有关男友的事情。只隐约听儿子提起，女儿喜欢的那个男孩子，在天上出了事故，失踪了。

在天上出的事故，又怎么会只是失踪那样简单。

但以前她一年也见不到女儿一次，有话也不能细说。现在终于一家团聚，她想了想，便提了。

"妈妈……"秦桑有些犹豫，但还是决定向妈妈坦白，"妈妈，我有喜欢的人。他有一些事情，现在不能回来。我在等他。"

"这……"章小素收到了儿子使过来的眼色，决定不再追问，"好吧。你长大了。妈妈知道你自己心里有数。"

"妈妈，别担心，我会好好的。"秦桑说完看了一眼时间，九点多了，钟小姐该是上床了，"妈妈，我得走了。"

"不能在家里住一晚吗？"这里有女儿的房间，布置得好好的，但他们搬来上海两周多了，女儿从来没有在家住过一个晚上。原因女儿向他们解释过，是因为周家老太太一个人住，怕她有什么意外。

但是，那是那个男孩子的家，女儿这样没名没分地在人家家里住，是不是不太好。

"妈妈，下次吧。小茧，再送我一次。等我下个月拿到驾照，就把车还给我。"秦桑把车钥匙扔给弟弟，笑话他舍不得还车的表情，"你是男人，得自己挣钱买车呀。刚才还吹牛呢，现在就想霸占我的车呀？"其实她只是逗他，一年前她拿到第二笔专利奖金的时候，根本没打算考驾照，买这辆比较大的越野车也是想让他带着父母四处转转，而不是自己开。

10

两个月后，秦桑开着她新买的粉蓝色小甲壳虫有点战战兢兢地停回专属于合欢街 45 号的停车位的时候，隔壁合欢街 46 号的房子正在热火朝天地装修。

尽管已经用了隔音材料，但对于一向喜欢安静的钟小姐而言，还是让她很抓狂。

她坐在院子的茶桌旁，连最喜欢的红茶都喝不下去了："真是不喜欢这些乱折腾的人，好好的房子，悄悄地住进去不就行了，为什么要装修！真讨厌。"

秦桑走进门，刚巧听到她的抱怨，不禁轻笑："钟小姐，他们装修之前特意送礼物过来拜访你，向你道歉，你同意了他们才在这个时间段装修的。"

"我同意过吗？每天下午？"她怎么会同意让装修的声音吵到她喝下午茶？！

"嗯。你亲口同意的。"

"你手上拿着的是什么？车钥匙？"

"是呀。你最喜欢的蓝色甲壳虫的车钥匙。"

"你买车了？"

"对呀。车还是你挑的呢。"

"真的吗？我怎么不记得了。带我去看看。"

钟小姐穿着新款的夏装旗袍，很高贵地绕着粉蓝色的甲壳虫看了一圈，眼神很满意："嗯，不错。挺有眼光的。我告诉你呀，这姑娘呀，就应该开这样的车。外面有好些个没形没状的姑娘，爱开什么越野车，那怎么是女孩子开的车呢？一点都不可爱，尤其不淑女。"

"那我淑女吗？"秦桑故意理了理她的浅藕色半裙，做出淑女的样子，想逗钟小姐开心。

"你还可以。"钟小姐很认真地评价，"就是穿得有点太素了。不过素点也好，你去上班又不是参加相亲宴会。"

"谢谢钟小姐夸奖。"秦桑微笑着挽住她的胳膊，扶着他往家门走，"钟小姐，我们今晚吃什么饭。"

"就知道问吃。我问你，阿衡有没有给你打电话？他都一年多没给我打过电话了。"

"没有呢。"

"那好吧。告诉你，我今天叫许阿姨做了桂花藕。"

"哇，一定很好吃。"

"树上的桑葚熟了。"

"好。我们去摘一些，晚餐后吃。"

"我才不要吃。好酸。"

"那我做成果酱给你吃。"

"哎呀，做吧。阿衡喜欢吃桑葚果酱，做好了给他留着，等他回来吃。"

"好。"

"我总觉得阿衡快要回来了。"

"我也是这样觉得呢。"

"你还小，不太懂。这个女人的直觉呀，真的好厉害的……"

隔壁正噪音四布的房子的某个房间里，一脸倒霉相的胡一桦戴着巨型耳麦正两眼哀怨地盯着电脑屏幕："周公子，你的祖母与你的夫人正在甜蜜地讨论晚餐，她们还说到了你，具体的内容是……话说周公子，你这样偷听人家的隐私真的好吗？"

漂 洋 过 海 来 看 你

第十章

即使遇见你是为了告别，我还是会选择遇见你。

1

"偷听隐私的是你，不是我。"电脑屏幕上那个正在跑步机上慢走的男人充满了一种似会随时爆发的张力，他的脸经过去疤手术后似又变了一些，长期与疼痛的对抗，让他的神情愈加冷峻而坚毅，一双眼睛深邃海，似包容了一切，又似能颠覆一切。

他只不过是想念对方想知道她的情况而已。相爱的人之间，这很正常对不？

"我是自愿的吗？"胡一桦都要跳起来了，他日干夜干，累成了一条死狗，终于完成了那个什么狗屁软件的开发，然后他愉快地去向周衡申请休假。

但正一边做有氧运动一边痛得快发狂的周公子说不行，公司现在刚有点起色要紧接着开发新产品。

胡一桦连续三个月没有睡好过感觉自己已经快挂了，哭丧着继续要求休假，结果周公子露出了恐怖的微笑，他说："想休假也不是不可以。上海的房子正好装修需要人看着，你回上海去休假顺便帮我做点小事。"

胡一桦看着他露出那样的微笑，哪里还说得出不。

自从用了一回止痛剂后，回到医院的周公子好似已经与身体里的新骨头彻底杠上了。

他以常人不可能做到的忍耐力抵抗着恐怖的疼痛的同时，开始坚持恢复正常生活。也就是说，他拒绝任何人的照顾。虽然这样一来，他每一刻都比以前在忍耐更多的疼痛。但他坚持下来了，如果不是了解他经历的人，很难判断出他还是一个病人。

但对于在他身边的唐信，维克还有春一桦来说，这真不是一件好事。需要极大意志力忍耐的疼痛让他变得更阴晴不定，除了与秦桑有关的消息，一天即使进账一亿也不会让他心情稍微好一点。

"新脸很帅。"其实胡一桦恶趣味地想问问周公子你换到脸上的皮肤是哪个部位的，不是听说你的身上已经没多少没伤痕的地方了吗？

周衡没给他机会，啪地就关掉了屏幕，甩给胡一桦一个无情的黑屏。

德国。

从浴室里出来的周衡一身水汽，浴袍下两条小腿劲瘦而充满了一种难以言说的力量，就像这个男人随时都会暴发一样，裸露出来的皮肤上布满了细密的伤痕。

正站在门口处等着的维克一如既往板着的脸，嘴里却很不正经地吹了个口哨："如果我不是你的主治医生，我不会相信你痛得快死了。"

"所以你才找不到止痛的方法的吗？"周衡将潮湿的乱发整理到脑后，长腿向门口迈了过去。

维克赶紧闪到一边，果然周衡一脚把他特意带过来的轮椅踢到了一边，自径直出门走向检查室。

维克摸摸鼻子，很无奈地承认了自己的无能。

给周衡换的骨头很成功，没有感染，没有排斥，只是一年过去了，周衡仍然疼痛难消。

但此刻看周衡笔直地走路的背影，他不禁又怀疑，这家伙真的在痛吗？那可是不动都会痛狠的疼痛，他这样强行恢复了正常的活动甚至开始运动。换作普通人早痛死了，他为什么看起来好像反而比平时强大了？

2

检查做完之后，周衡工作了两个小时，他一边做按摩一边听唐信做报告。

两个小时里他闭着眼睛一动不动，他紧绷的肌肉让按摩师又累又为难，但是又不得不想尽办法让他稍微放松一些。

唐信不知道他是否一直在听还是睡着了，但他一点也没敢马虎。如果说在那户农家初见到很糟糕的周衡时，他对他只是有一点钦佩的话，现在周衡在他心里简直已经是一个神一样的怪物。

这位爷据说是哈佛大学最有前途的也是最年轻的太空新材料专业博士后，也就是说如果他愿意，完全是美国太空署最想招揽的人才。

他倒霉地从一架死得精光的失事飞机那里活下来，本身就已经是一件神一样的奇迹了，但这家伙居然开始拼命地用以前都放在银行里没怎么动过的祖产赚钱，更恐怖的是他的投资就没有失手过。外界都说唐信是华尔街狙击手，事实上，不管是数据分析还是投资策略，他只及周衡的分毫。

如果这些都不算什么的话，那么当他的腿骨全都换成了号称太空生命的新材料制成的人工腿骨之后，眼看着他痛得彻夜不眠，再眼看着他痛着站起来行走、跑步，甚至与正常人无异。

面对这样的人，唐信除了服气还是服气，跟着他给他做牛做马也觉得牛得不行。

"安排飞机，我要回上海。你回美国。"唐信合上报告后，周衡宣布了他的决定。然后他挥退按摩师，自己站了起来，"不用通知任何人。"

换骨手术后的这一年，他的身高长了五公分，修容手术后的五官都有了一些变化，声音也因为声带有些受损而变得暗哑低沉，再加上疼痛导致他紧绷而完全不能放松的神色，如果不是十分熟悉的他的人，会以为他根本就已经不是周衡。

"是。"唐信很明白周衡的意思。周衡见到他的第一件事，就是让他购买了一架目前为止最先进的私人飞机。为确保安全，每一次起飞之前，也需要他去亲自监督安全检修。

因为不放心，唐信还是去找维克再次确认周衡的身体状况。

"第一次发现这样的情况。检查显示是骨头与他肌肉及神经组织在互相入侵。也就是，你们中国人所说的，那什么，骨肉相连？"维克解释到最后，还卖弄了一下中文。

唐信挑挑眉，都懒得回应向他解释骨肉相连是什么意思："疼痛的程度是减轻了还是加重了？在忍受范围内吗？"

"当人的肌体在进行生物生长与修复的时候，神经末梢会向大脑传递痒感。但是当生物肌体被异物入侵的时候，神经末梢就会向大脑传递疼痛感。"

"意思是，他现在又痛又痒？"唐信眼里都是不可置信，只差没写着"周衡是怪物吗"这句话了。

"他没有说。但是检查结果是这样的。"维克的表情在告诉唐信"周衡确实就是一个怪物"。

"算是好现象吗？"

"不能算恶化。"因为没有以往的案例可以参考。

"他能回上海吗？"

"我说不能他就会不回吗？"

显然不会。

唐信了然。他现在对那个叫秦桑的女孩开始好奇了，是个什么样的宝贝能让周衡从生到死又从死到生，始终没放弃？

3

邹棉在机场截住了又要出国休假的秦桑。眼前这个只穿了普通白衬衣淡灰外套的女孩素净的脸有一股十分吸引人的气质，令他沉醉。

"你要去哪个国家，我陪你，结伴而行吧。"邹棉掂掂手里的行李箱，提出来的要求很直接也很坦诚。

秦桑已经正面拒绝过他，也无数次明示暗示她已有男友。但是，他就是无法做到放弃。他不由自主地想跟着她走，他还能怎样？只能用这样连自己都不齿的方式跟着她，幻想她会回头，期望她会感动。

每一天入睡之前，邹棉都会告诫自己，够了，这是你喜欢她的最后一天了。今天结束了就让你的喜欢也结束吧。但是，第二天醒来之后，他还是想去找她，还是希望他的念念不忘可令她有所回响。

每一天他都失望地叫自己要结束。

但每一天他又会重新给自己希望，周而复始，无休无止。

"抱歉。你去你想去的地方吧。我去的地方，我希望一个人去。"秦桑有些无奈，但她从不曾对他拖泥带水。

"有你的地方就是我想去的地方。"邹棉收拾好片片粉碎的心坐在她旁边的椅子上，"可不可以告诉我，你要去乌克兰做什么？"

"我要去找周衡。"秦桑语气平静，却又带着不假思索的坚定。

"你还没放弃，还一直在找他？"虽然邹棉已经隐约知道她确实如此，但还是很期望能听她亲口说出否认。

"是。"上次在德国的时候，她觉得她差点儿就找到他了。他一定就在那个酒店的周围，甚至有可能在酒店里，只是不知道他为何不肯与她相见。

"如果你一直找不到他，我能有机会吗？"邹棉觉得自己几乎是厚着脸皮地无耻追问了。他所有的自尊与骄傲都在秦桑面前一败涂地，偏偏再一败涂地他都觉得理所当然，甚至不会再因为被拒绝而觉得尴尬。

"抱歉。"

"如果今天我一定要跟着你去，你会怎样？"

"会很困扰。"秦桑说完，又补充了一句，"回来之后，我会辞去研究室的工作的。"

邹棉侧过头，看向平静地回答了自己后，眼睛却在盯着显示屏上的登机时间的秦桑，有一种铺天盖地的无力感汹涌而来，让他不得不握紧拳头，以便让自己不要流出沮丧的眼泪："别。今天我不会跟你去。"

"谢谢。我该走了。再见。"秦桑站起来，拖着她并不大的行李箱，头也不回地走向了安检处。

邹棉看着她的背影，只觉得一阵委屈涌上了喉头，被他用力地咽了下去后，又一阵更大的委屈涌了上来。

秦桑的飞机起飞的时候，一架来自德国的私人飞机征得了机场同意正在降落。飞机上短睡了一小会儿的周衡忽然睁开了眼睛看向机窗外，白云的深远处，一架波音飞机正没入云端。

4

"三年前，好像曾经有一名受伤很严重的亚洲男子来就医。"

"真的吗？能确定吗？有照片，或者就医资料吗？"

秦桑紧紧抓住那名中年女护士的手，因为太过激动，她的身体都有一点颤抖。她不断地重复确认，用俄语、乌克兰语及英语各问了一次。

这几年她又学了一点俄语，为了这次的乌克兰之行，也临时学了一点乌克兰语。为的就是在她所能到的地方的医院里寻找和问询时能够良好沟通。

"照片没有，就医资料也不知道是否还在。因为我们的条件比较简陋，他的伤势太复杂了。"中年女护士的手都被秦桑抓痛了，她挣扎了一下，秦桑赶紧道歉并且送上了她的小礼物。

为了能够打听到更多的消息，她总是在包里准备一些小礼物。她希望给人以快乐，即使这种想法很鸡汤，她也希望这快乐能够传递下去，期望有一天能够传递到周衡的面前。

"抱歉，他是我的爱人，我找了他三年了。这是我第一次有了他的消息。谢谢你。我很需要你的帮助。"

"那你跟我一起去问问吧。"

"谢谢你。非常感谢。"

从那间乡镇医院回到酒店已经接近深夜。秦桑坐在床边，几乎坐到了天亮，有好几次，她不得不伸出一只手捂住心脏疼痛的地方才能喘息。

他的腿骨都碎掉了。

他的身上全是没有得到及时处理自行愈合的可怕伤痕。

他的脸也因为伤痕几近狰狞。

他在疼痛与受伤的折磨下晕迷了至少三个月。

他看起来很糟糕，像马上就会死掉。

在那个小医院的医生看来，他也就是靠着一点奇迹般的顽强在吊着一条命而已。

如此种种，仅仅只是通过那名接诊过他的医生与护士的描述，秦桑每听一句都觉得心脏似被人大力攥碎一般，痛得难以忍受，不得不张开嘴大口地呼吸。

那名送他到医院的东方男子是谁？他带着他去了哪儿？

是去了德国吗？

她上次在德国时的直觉没有错对吗？他确实在那里，他确实还活着，他只是因为容貌被毁无法走路所以才不出来与她相见的，对吗？

会吗？似拥有全世界一样自信开朗的周衡会是那样自卑的一个人吗？是什么时候开始自卑的？是一年之内失去了双亲之后吗？还是，她总是因为自卑不敢回应他的靠近的时候？或者只是，这一次严重的受伤几乎摧毁了原来那个周衡？

天快亮的时候，秦桑终于冷静了下来，理智地分析一下。

她不应该只在这里心痛。她应该如何利用她所有能够利用的资源去寻找周衡在哪儿，她要去告诉他她的心意。即使他不能接受，也希望能陪在他的身边。

卡洛尔会知道吗？有可能。不不，她忽略了一个很重要的人，维克！对！维克是一个医科天才，几乎可以算是全球最顶尖的外科医生，他一定知道阿衡的下落！该死！她之前为什么会忽略这一点？为什么去德国的时候，只顾在各个医院里问询，而忘记了维克就是一个德国人！就在德国做医生！

5

秦桑几乎马上就叫前台订了去德国的机票，她在收拾行李的时候，身体僵硬，手指颤抖，激动、悔恨、心痛，各种情绪让她浑身紧绷。

　　上了去机场的出租车之后，她的情绪才稍微平静了一些。辗转了几个国际电话后，她终于要到了维克的联系方式。响了两声，正在健身的维克接起了电话："你好。"

　　"维克，阿衡是不是在你那里？"秦桑连招呼都没打，直接用德语问维克。

　　"嗨！秦桑。周衡并不在我这里。"虽然一周之前他真的在。维克对于秦桑会打电话来有些惊讶但也觉得在情理之中，听说她一直在找阿衡。

　　"他在哪儿？"秦桑质问道。

　　"他应该在上海了吧。"维克在记忆里搜索那个在周衡面前总是拘谨而又安静的女孩，有点难以相信她在电话里都能显现出这种极有张力的气势。

　　"你能确定吗？"秦桑这句询问总算是正常了，"我已经订了去德国的机票。"

　　"别，不要来德国。"虽然他也挺期待与秦桑见面，但如果让刚把自己折腾到上海的周衡知道他让秦桑白飞了一趟德国的话，他好像有点不敢承担后果，"我确定他在上海。"

　　"谢谢。"秦桑一直吊着的心落了下去，虽然还没有落到底，但是不再那样吊着了。

　　"不客气。"维克在考虑，为了以后周衡能够变得和气好相处些，他是不是应该奉送给秦桑几个比较有用的彩蛋。比如说，周衡完全靠着她的照片与录音才度过了最艰难的康复期？但是，阿衡会不会并不希望她知道呀……好矛盾……

　　秦桑在机场改签柜台上办理改签手续的时候，正填写着资料单，忽然似感觉到什么一样，娇小而又线条纤好的身体忽然一凛，随即飞快地转身望向身后，在离她十米开外，果然有一个个子很高戴着墨镜的男人在面对着她。

是他吗？

眉眼很像，脸形好像也有点像，唇形也相似，但是，身高好像比他更高一些。

不。不是他。如果毁容可以修复，脸形会变，但是身高不会变。而且，她的阿衡，他的腿，已经彻底地断了。

但是，他怎么会长得与阿衡这样相像？不是脸形不是身高也不是气质，而是感觉。

感觉就像这个人，他就是阿衡一样。

秦桑深呼吸一次，闭上了眼睛平复情绪，再次张开眼睛后，她的眼神恢复了清亮明净。正要转身继续填写表格，那个男人却开口了："秦小姐。"

秦桑听到这声音后，愣了一下才再次回头。她的脑海里忽然闪过他出事前那一晚打给他的电话。

"秦桑。"

"嗯。"

"秦桑。"

"嗯？"

"晚安。"

是。尽管这个人叫她秦小姐的声音与阿衡的声音根本不相像，而阿衡也不会叫她秦小姐，但秦桑心里就是再次涌现了那种"他好像就是阿衡"的感觉。

"你好。"秦桑整理了情绪，点头行礼。

"我是阿衡的朋友。我的飞机正好在这里，他拜托我，把你捎回上海。"

6

直到飞机起飞好一会儿之后，秦桑还没有反应过来，这名坚持要用私人飞机将她送回上海的男人到底是不是周衡的朋友。

是否是骗子这个问题，她也想过。

但她有什么可骗之处，让一个骗子不惜动用私人飞机来骗她呢？

秦桑拘谨地坐在豪华舒适的座位上，尽量不去打量对面仍戴着墨镜的男人。

他好高。他最少比一百八十一公分的阿衡要高上五六公分。他就坐在她前方左侧的大沙发上，长腿很随意地放在面前的脚凳上，墨镜下的脸没有什么表情，秦桑也无法触及他的视线，不知道他是在闭目养神还是在打量自己。

他是谁？长相有些相似，感觉这样熟悉，他是阿衡的兄弟吗？

秦桑很想问些什么。但对方一直没有出声，也一直没有动。有乘务员拿着毯子过来，轻轻地帮他盖上。

他仍然没有动。大概，是睡着了吧？

在长久的沉默中，满怀疑惑的疲惫的秦桑终于被睡意侵袭。

不知道睡了多久，只知道，她又做了那个悲伤的梦，梦见他很爱她。

醒来的时候，他仍然坐在位置上，墨镜摘下了，手里拿着一本书。秦桑看着自己身上的毯子，正是睡着前看到乘务员盖在他身上那张，脸上莫名地有些发热："谢谢。"

他没有回答。只是那双眼睛看了过来，夜空一样的黑与深，似有星辰闪耀，又似死寂一片。

秦桑能感觉到自己的心脏被他一眼看得乱跳了几拍，让她差点儿忍不住想伸手去安抚莫名激动的心。

"你睡了两个小时。"他的声音有些喑哑，但厚重又富有磁性，不知是不是因为在正在飞行的机舱里的关系，秦桑觉得他的声音就像在她的耳边响起一样，令她的耳朵发热。

"抱歉。"秦桑有些不好意思。就这么在一个陌生男人的面前睡着了，她自己都不知道为何就对他放松了警惕。

他没有回答，只是那双夜空一般深的眼睛看着她的脸，似有一瞬的停滞，随即移开，拿起了旁边的电话："请备晚餐。"

他很帅气。

他很熟悉。

他到底是谁？

"阿衡，他，还好吗？"问出这句话之前，秦桑有些犹豫，但她知道自己不可能不问出来，三年多来，她最想知道的就是他还活着。现在知道他还活着，她倒不是那样迫切地想见到他，更迫切的，是想知道，他好不好。

"嗯。"他只回答了一个字，就觉得有一股疼痛，从双腿传到了心脏，在心脏里回转了千百遍，又热又酸的感觉在涌上眼眶，逼得他不得不假装转头去看机舱外被夕阳染红的云朵。

"谢谢。"说完这句简短的道谢，秦桑不由得红了眼睛，她忍着眼泪，也别过脸去看窗外，以平复内心涌动的情绪。

7

尽管他只回答了一个字，可她觉得心里那些千言万语都有了去处，三年多来日夜重复着的信念见到了曙光，从十七岁那年便刻入生命的念念不忘有了回应。

晚餐是牛排与面包。秦桑已从她的座位上被请到了他的对面。原来放脚凳的位置被布置成了餐桌，大概是出于安全考虑，没有点蜡烛，而是摆上了制作精致的鲜花。

牛排端上来后，他拿起刀叉便开始切牛排。他的双手白皙修长，握着刀叉的样子很有力，切得也很仔细。切完之后，他将秦桑面前已经被切了一口的牛排换到了自己面前。

秦桑看着面前被切得好好的牛排，尴尬地拿着刀叉的手都不知道要怎么放才好，一层粉色飞上了她白净的脸颊。

对面的男人似乎感觉她细滑的皮肤花瓣一般的触感一样，有一团小小的火苗从海一样深的眼眸深处燃了起来。

"吃吧。肉冷了味道会很糟。"他装作自然地低下头切自己面前那份被她切过一口的牛排，神思却是恍惚的。

两个小时之前，他起身给她盖了毯子时，手没能抵抗住诱惑轻抚过她的脸颊。

就像在梦里千万次做过的那样，他呢喃着叫了她的名字。

因为在她旁边蹲下，他的双腿奇痛难忍，站起来的时候，差一点摔倒。

但是，心里却有很多欢迎的泡泡在跳跃。

他见到她了。

她在他身边了。

为了这一刻，无论做什么，都值得。

从此之后，除非上帝决定让他再死一次，他再也不要离开她的身边了。

"那个，我要怎么称呼你？"沉默地吃完饭，秦桑感觉自己没有那么尴尬了，决定先开口打破僵局。

"凯奇。"他回答的是英文。

"凯奇先生。我有些关于阿衡的问题想问你。"

"请说。"

"阿衡，真的在上海吗？"不是她不相信维克，而是，在机场遇上这个男人让她觉得太奇怪了。

"是。你飞机起飞时候，他的飞机刚巧降落。"他没有说谎。只是他刚从机场出来，来接他的胡一桦就告诉他，关于秦桑的最新消息是她刚刚上了飞往乌克兰的飞机。

乌克兰，那是什么地方？那里不断有军事冲突，对入境的外国人来说十分危险。所以，他又回到了飞机上，跟着她的脚步来了乌克兰。

看她改签机票的时候，他再也无法忍耐，上前去打了招呼。

他知道秦桑应该是认不出来他了。

如果说，她凭修整过的五官，已经在痛苦中变化的气质都还能认出他，那么，他的身高，绝对是一项他不是周衡的铁证。

那些不属于他的、时刻与他身体抗争着的外来骨头，令他的身高长了五公分，而且，好像还在长。

8

"他的腿，还痛吗？"秦桑问出这句的时候，心都是痛的。已经碎裂到无法愈合的骨头，怎么会不痛，时间过去得再久，也是会痛的吧。

"还好。"看到她，好像就不那么痛了。

看到她这种恨不得那痛由她来承受的眼神，便真的觉得，什么痛，都不是痛。

"谢谢。"其实，她想问的问题还有很多。

比如说，之前他都在哪里。身边有没有人在照顾他。

现在回到上海了，会回来找她和钟小姐吗？

他知道，她一直寻找找他吗？

他还记得，他们的情人节晚餐约定吗？

可是这些问题，又怎好问一个陌生的男人。

他看起来与阿衡好像，可是，他并不是阿衡。

他看着她欲言又止的样子，眼底露出了一丝笑意，却也闪过了一丝妒忌。他竟然，妒忌那个被她关怀与想念的自己。妒忌他占据了她全部的心神，都看不到他就在她的眼前。

"秦小姐住在哪里？"虽然早已知道，但并不妨碍他找话题想与她说话。

便只是听她的声音，即使是读一段骂人的话，对今天之前的他来说，好像也是一种奢侈。

"我住在合欢街，和阿衡的祖母住在一起。她喜欢别人叫她钟小姐。"秦桑并不打算隐瞒他一直在等他的事。

"秦小姐，有家人吗？"

"有父母，与一个弟弟。钟小姐也是我的家人。"

"听说，你会做桑葚果酱？"

"是的。阿衡在钟小姐的院子里种了一棵桑树，今年结了不少果实，做了一些果酱。如果凯奇先生喜欢，我很荣幸能邮寄一些给你。"秦桑还想说的是，如果你能转交给也许不愿意见我的阿衡，就更好了。

"谢谢。很高兴我有这个荣幸。"

"不客气。"

"可以问一问秦小姐是做什么工作的吗？"

"我在大学里教书，还在一家药剂研究室做一份兼职。"

"秦小姐有男友了吗？"

"呃？"秦桑惊讶地抬眼看对面面容冷峻眼眸似海的男子，诧异于他的这个问题。

难道，他不知道她喜欢的人是阿衡吗？哦，她忽然想起来了，在阿衡出事之前，他们还不是情侣，而只是，恋人未满的普通朋友。

"秦小姐这样优秀，没有其他男人慧眼识珠吗？"

"我不知道。我很普通。"秦桑并没有自谦，她一直就只是一个普通的女孩，只因为喜欢了阿衡，借着他的光，不断地努力，才成了今天的样子。

"秦小姐并不普通。"她如果真的只是普通的女孩，又怎会三年来将他的祖母照顾得无微不至，又怎会明知他凶多吉少、渺无音讯，却坚持着一个国家一个国家，一个地区一个地区，一间医院又一间医院地寻找他。

如果不是他刻意封锁他的入院消息，她早就应该找到他了吧？

9

"凯奇先生，与阿衡认识很久了吗？"秦桑察觉他一直在打听她的一切，但他对自己却透露甚少，甚至对阿衡，也不愿透露更多。

"嗯。"他只回答了一个字，二十八年，算不算久？

"阿衡有很多朋友，但，我从没听他提起过你。"这句话，连秦桑自己都觉得有些尖锐，"我认识阿衡所有的好朋友。"

"哦？都有谁？说不定，我也认识。"他挑挑肩，眼眸深处闪过一抹星光原来她还有这样一面，并不一直只是乖巧可人的小姑娘，除了是喝高了还记得给他唱晚安曲的可爱女孩，她还这样伶牙俐齿。

"北大的高才生胡一桦是他的死党好友，还有医学天才卡洛尔，珠宝设计师的维克，他们都很有趣，你们，一定也认识吧？"秦桑说着半真半假的话，一双美丽晶亮的凤目紧紧地盯着男人的脸，不想错过他的任何表情，以便判断他是否真的是周衡的好友。

"是吗？"他挑挑肩，眼眸深处的笑意更明显了，"秦小姐是不是记错了。胡一桦只会玩游戏并未考上北大。医学天才是维克，他是个德国人。卡洛尔才是珠宝世家的继承人。不过有一点你没说错，他们确实，挺有趣的。"

"呃……"秦桑被戳穿，有些尴尬得不知如何应对，莹白的贝齿咬上了粉红色的唇瓣，脑子在飞快地转着，要如何化解此刻的尴尬。

他眼眸一暗，有些无法将视线她的嘴唇上移开。不禁回想起了在德国那家酒店里，差点儿被她发现的那一天晚上，他在她隔壁的酒店里，被那个该死的止痛药的副作用折磨的感觉。

他不着痕迹地坐直身体，借垂下的桌面掩饰自己的尴尬：该死！只是看她的嘴唇就忍不住，三年之前的三年，他一直住在她楼下近在她的身边，他到底是哪根筋抽着了，才没成为她的男友？

"那个……抱歉，我记错了。"秦桑诚恳地认错，完全不知道对面的男人心里已经历了无数个可能发生的爱情故事。

"他的朋友确实太多了，记不清楚也正常。"如果不是因为朋友太多，他早应该在那个圣诞节的时候就表白成功了。

"维克说，他能帮到他。那个，如果你能联系上阿衡，能不能告诉他让他和维克联系。"秦桑表情恳切，但又有些为难，这是她的意愿，她不知道对面这个男人是否会帮忙，也不知道阿衡是否会接受。

"他们已经联系上了。"

"哦。谢谢。"

"你，很喜欢周衡？"说真的，此刻他真的在妒忌他自己。

"是。"

"初恋？"

10

"嗯。"秦桑又开始觉得尴尬了，和一个认识不到一天的男人谈起她的初恋，这是不是有点太那个了。"那个，凯奇先生，我想休息一会儿。"

"好。你请便。"

秦桑站起来的时候，绝对想不到刚才看乘务员轻轻松松就抬过来装上的餐桌这样结实，根本推不开它与椅子之间的距离，质料上好的桌布又长得可怕，她穿着平底鞋都能被它绊到，也不知道怎么的就失去了重心，她连惊叫一声都未来得及发出，就要往后倒去。

他的反应很快。秦桑站起来的时候，作为一名教养已经进入骨子里的绅士，他也站起来了。秦桑失去重心的时候，他自然就出手拉住了她。

只不过，他有些用力过猛，隔着桌子，秦桑被他拉进了怀里。

隔着衬衣，他感觉到了她刚才诱惑了他的嘴唇亲吻在不应该亲吻的地方。

震惊中，秦桑不知道如何反应，傻了一样一动不动，她的眼睛离他的胸膛这样近，近得都能感觉到他的体温，近得她的耳朵都能听到他急促的心跳，近到，她的嘴唇就在他的衬衣上，好像还正好在不应该在的位置！

"轰"的一声，秦桑只觉得全身的血液都往脸上冲了上去。她马上做出了反应，站直身体找到重心，离开椅子与餐桌之间，正确地说离开他的怀抱，在对面男子似乎轻笑出声的极度尴尬里，低头快速走向了洗手间。

怀里的女子离开之后，他仿佛还能闻到那种专属于她的淡得几乎闻不到的味道。

她的头发是很自然的清香，她的手臂纤细，但是很软。

他慢慢地坐回座位，拿起旁边的毯子盖在腿上靠进沙发里，以掩饰内心与身体被她带来的汹涌变化。

这一刻，他的脑子里只有一个念头：天呀，她一定是世界上最好的女孩子。

独自在洗手间里尴尬了很久，久得他有些不放心，让乘务员去敲门询问了她的情况。又过了一会儿之后，秦桑才从洗手间里出来。她想，这是个意外，大不了她向他道歉就是。可当她走回座位的时候，发现他已经睡着了。

这一次，他没有戴墨镜。她清楚地看得见他闭上的眼睛，还有他又浓又长的眼睫。

秦桑慢慢地回到之前她睡觉的那个离他远一些的座位上，想，这个男人，真的和阿衡好像呀。

机舱里的大灯似灵敏地感觉到主人已经入睡一样，慢慢地暗了下去。秦桑拿出一本书，打开了座位边的专用小灯，开始看书。

对面那个原本已经入睡的男人，慢慢地张开了他的眼睛，那一双比最深的黑夜还要幽黑的眼睛深情得有些贪婪地看着正安静看书的女子。

她看了一夜的书。而他，则看了一夜的她。

秦桑，即使遇到你就是为了与你告别，我仍然会选择与你相遇。

漂 洋 过 海 来 看 你

第十一章

你的眼里有春和秋，胜过我见过爱过的一切山川。

1

胡一桦看到周衡推着行李车与秦桑并排走出来的时候，他的脸上露出来的笑容写着大大的欣慰与解脱：上苍呀，你可让周公子和喜欢的女人在一起吧。恋情顺利后，他也许就不会折腾他这样的小人物了。

周衡一直把秦桑送到了周家门口。

"谢谢你，凯奇先生。"

"嗯。"

"再见。"

周衡还没答话，钟小姐的声音便从院里传了出来："秦桑。你在和谁说话？是阿衡吗？是阿衡回来了吗？"

钟小姐说着话，人便已经走过来了。秦桑赶紧走进院门去扶她。这两年钟小姐的腿脚愈加不好了，又不喜欢用拐杖，所以她总怕她摔着。

"钟小姐。你慢点。"

"秦桑！是阿衡回来了吗？"钟小姐急急地从门里走出来，秦桑还没来得及介绍，她便朴向了周衡，"阿衡！我的阿衡！你可算回来了！"

"钟小姐，这是凯……"秦桑想解释，却看到他向她轻轻摇头。

"钟小姐，我回来晚一点你就打算不等我了吗？"他的脸变了，他的身高变了，他的声音也变了，秦桑这样清醒着的人都认不出他了。但是，他的钟小姐却仍认得他。

因为钟小姐不看脸，不看身高也不听声音，她只认得感觉。所以他并不打算在钟小姐面前否认。

"对！你个小没良心的！你再不回来我就不等你了！我要去找我的周

先生了！"钟小姐紧紧抓住周衡的手，似怕他会离开一样。

"你怎么知道周先生没有另娶了一位年轻漂亮的小姐呢？"周衡轻轻拍着钟小姐的背，允许她拥抱自己。祖母的怀抱并不陌生，但是，久违得太久了。

"他敢！"钟小姐放开周衡，手还是握住他的手不放，"我替他守着你，等你结婚生子，他敢再娶才怪。"

"知道了。谁娶了钟小姐之后还敢娶别人呀。"周衡与钟小姐对话，保持着以往的语气与习惯。

秦桑没有见过他在家人面前的这一面，所以也难辨真假，只是那种特别熟悉的感觉又涌上了心头：这个人，他跟阿衡，真的好像。

"知道就好。你，我现在郑重地告诉你。在我死之前，不许再出国去了。不，是不许再离开我的视线了。"钟小姐拖住周衡的手，就要往门里走，"秦桑，做得不错，把他找回来了。以后你就是我孙媳妇了。"

"钟小姐……"秦桑对目前的局面有些无语，她想向钟小姐解释清楚，但那位凯奇先生示意她不必解释，似乎默认自己就是周衡。

"走。回家去。"钟小姐哪里理会秦桑的犹豫，一手抓住周衡，一手牵着秦桑就走进门里去了。刚把行李从车上搬下来的胡一桦又郁闷了：这下，周公子的行李要搬去哪儿？是这里，还是隔壁？

2

晚餐是秦桑与许阿姨做的。

周衡在客厅里陪钟小姐聊天。他说了很多留学时有趣的事，逗得钟小姐一直在笑。

秦桑穿一条淡荷色的半裙，一件白色的上衣束进了半裙里，更显得纤腰不盈一握。

在周衡这个位置，只能通过半开的厨房门看到她的侧影。

她的腰线，很美。

"现在知道偷瞄了呀，早干吗去了？"钟小姐嘲笑周衡，"告诉你吧，秦桑那样的好姑娘，一直都有人追。有一个长得很俊的小伙子，每天来接送她，那眼神儿都快深成海了。可别说我没提醒你呀。"

"我回来了。她是我的。"周衡嘴角微翘，"她会做饭？"留学时的宿舍都没有厨房，她的房间里有一个小电锅，但他没有见她做过饭。

"嗯。清淡可口。"钟小姐现在已经越来越喜欢秦桑了，"我的记忆好像出了一点毛病，她一直很有耐心。如果你不回来，她要嫁给别人，我是真会舍不得。"

"她不会嫁给别人。"周衡语气里带着肯定的淡淡霸气，但他没有再继续话题，因为视线里的女子忽然转身从厨房门口探出了可爱的脸："马上开饭。钟小姐，今晚有你喜欢吃的菜哦。猜猜是哪一个？"

"今天不用讨好我了。今天你要讨好的人是阿衡呀。"钟小姐笑着打趣她，"不过你也不必讨好他，谁让他那样久都不给我们消息，害你满地球跑地去找他。"

"我每天都在讨好你呢，因为我害怕你会把我赶出去。"秦桑答着话，耳朵却因为钟小姐的打趣有点发热。

饭桌上的气氛也很好，周衡哄得钟小姐很开心，秦桑如同以往一样话不太多，偶尔说一句，脸上的表情亦很淡。

周衡与钟小姐说着话，目光却几乎没有离开过秦桑。不是他不想移开目光，是他根本控制不了自己的目光。

他的双腿还是很痛，似乎比以往更痛。但是，却比过去的任何一天都觉得时间在飞速流逝。

她在他的面前了。他觉得世界好似都完美了。但是，又觉得远远不够。永远不够。

饭后，钟小姐叫许阿姨去打扫秦桑隔壁的房间时，瞪着周衡说了一句："虽然知道你巴不得还住进原来的房间，但结婚之前不许动秦桑。当是对你这样久不回来的惩罚。"

秦桑的耳朵一下就红了。视线一直在她身上不离的周衡嘴角不禁微翘，觉得心情很好。

钟小姐进房后，秦桑借口去散步，将他送到了门外："抱歉，她将你认成了阿衡。"

事实上，她也一直觉得他是阿衡。

"无所谓。"周衡淡地回答。他的声音低沉，听到秦桑耳里，竟温柔好听，"今天有些晚了，就不请你到我家做客了。晚安。"

"晚安。"秦桑说完晚安，才惊异地发现他转身走向了隔壁的房子，手掌在大门的电子锁上轻按，"嘀"的一声响，门打开了。

然后，那个背景挺拔高挑的男人，走进去了。

他就是买下隔壁房子的新邻居？

3

大门关上后的周衡快步走向里屋，脚步有些踉跄。

双腿不断加剧的疼痛让他几乎到达了忍耐的极限。

胡一桦适时从门里跑了出来扶了他一把，差点儿被他突然坠过来的体重压趴下去："喂，咱有病就不能像个病人似的歇着？"

"闭嘴。"周衡的声音带着喑哑的杀机。胡一桦赶紧做了个拉上嘴巴拉链的动作不再出声，但心里却腹诽不已：他又没说错。

这一天里，唐信打来电话，维克打来电话，都说如果不想周衡挂掉，那么最好把他每天正常活动的时间控制在十个小时以内。

结果呢，人家连续几十个小时的飞机飞下来不说，还送女孩子回家，还留在女孩家晚餐，好吧，那也是他的家，不过他一分钟不歇气地折腾个没完没了，他就不怕他自己痛死吗？

第二天，周衡几乎在床上躺了一天。连续的飞行与正常行走让他双腿的疼痛加剧，他需要一些休息来缓过劲儿。

他很着急，但也很有耐心。

毕竟，他已经回在她的身边了。

傍晚的时候，胡一桦却一脸窃笑着把正播放着一个监控画面的平板电脑递给他："看来你得起床了。因为你的女朋友正在被人挖墙脚。"而且那个男人的颜值很高。

周衡看了一眼屏幕上上了邹棉的大越野车的秦桑，墨眸里寒光闪过："门口有多少个摄像头？"想到如果在周家门前对秦桑做点什么会被胡一桦从监控里看到，他心里很不爽。

"呃？"胡一桦有点反应不过来，不是他让注意秦桑的一举一动并且报告给他的吗？所以，"各个角度无死角二十二个。"所以昨晚他看到了周公子从周家出来时虽然痛得身体僵硬却缠缠绵绵不想走又必须走的情形。

"拆掉！"

"为什么……好吧。"真小气,好不容易盼到男主女主相遇也不发点福利。

"备车。"

"去哪儿?"

"你只是司机。"如果今天他不是状态太糟糕,他连司机都不是。

路灯在车窗外闪烁而过。邹棉看似专心开车,心思却在秦桑身上。

秦桑一直没有说话。虽然以往她的话也很少,但是,今天的无话却额外让他有些心慌。

"是不是在生气?你的假期下周才结束,我今天就来找你去加班。"

"没有。本来这几期实验我就应该在场的。"

"吃饭了吗?要不去吃饭再过去。"

"已经吃过了。"

"旅途还顺利吗?"

"顺利。"顺利得她都不敢相信,她终于有了周衡的消息。

"你,找到他了吗?"不管答案是什么,他的感觉都不会好。找到了,他说不出祝福。没有找到,他知她不会放弃继续寻找。

"嗯。"只是知道他也在上海,但是,还没有见到他。算不算已经找到他?

"可是,你好像不怎么开心。"是那个人出了什么事吗?

4

"其实你不用来接我,让办公室直接给我打电话就好。"秦桑没有直接接他的话题,关于阿衡,她不想与他交流得太多。因为知道他的心思,她甚至并不想与他做朋友。

"我还是喜欢直接来接你。"他已经这样表白了无数次。

"这个药剂成功上市后，我会辞去研究室的工作。"秦桑说得挺平静的，这是她对邹棉的执着最后的决定。

"吱！"一声有些尖厉的急刹，车停在了斑马线前，邹棉只觉得浑身冰冷。那感觉就似乎他一直就知道自己一直在冰水里生活，一直盼望水会变暖，但水越来越冷越来越冷，终于，连着他一起，在这一刻结成了冰。

邹棉没有作声，他甚至不敢转头看表情平静而又坚定的秦桑一眼。

"抱歉。我们学校新来了一位同事，也是哈佛毕业的，他比我更专业，如果你需要，我可以介绍他过来接替我的工作。我的助手李乐非常有天分，做事也很认真，他正在考博，他也可以接替我的工作。"决定好要走，秦桑的心里觉得自己不管做什么，都坦然了许多，"谢谢你一直以来的照顾。"全研究室里的人都知道大老板对秦博士青睐有加，但是，很遗憾那是她的负担。

而她为了更轻松地走向她的阿衡，她不需要任何其他男人的青睐。

"只是在你身边做朋友的机会，都没有吗？"问出这句话的时候，邹棉觉得自己碎了一地的自尊心早就被清扫出了他的生命。

"抱歉。"秦桑轻声说着抱歉，但她心中的歉意并不多。她的心早已经全部给了另外一个人，对于其他男子的感情，除了礼貌性的歉意，她再也给不出其他。

从这一点来说，她清冷得几近残酷。

到了研究室楼下，秦桑说了声谢谢便下车头也不回地走了。

邹棉放在方向盘上的双手紧握成拳，修剪整齐的指甲扣进掌心，疼痛由手掌传到心脏，但只不过为此刻的心痛增加了千万分之一的重量。

赵如意在睡意蒙眬中接到了邹欢从英国打来的电话："赵小姐，能麻烦你一件事吗？"

一个小时之后，赵如意在一家已经打烊的酒吧里找到了已经醉得不省人事的邹棉，她付了小费，等许久而不高兴的酒保才帮她将邹棉塞进她的车里："小姐，我用他的手机打了许多个电话你都不接。"他打的是秦桑的电话，秦桑此刻还在实验室里专心加班。

"抱歉，给你添麻烦了。"赵如意道歉，看了一眼他递过来的手机，上面果然用1号键拨了一个电话许多次，但那个电话，并不是她的，而是秦桑的。

最后电话打到了邹欢那里，邹欢又打给了她，才算找着了人来捡人。

邹棉真的喝了很多，幸好他酒品还好，没有吵也没有闹，只是一直在睡觉，偶尔说一两句梦话。

其实梦话里，也只有两个字。

"秦桑。"

"秦桑。"

5

车厢里全是他身上散发出来的酒气，赵如意伸出手指，轻抚过身边男子那俊美而又忧愁的脸，任泪水从自己的眼底滑落。也只有这种他并不知道的时刻，她才敢让自己放肆一次。

凌晨三点十分，秦桑才从实验室里出来。本来想在研究室里的临时休息室过夜，但已经连续加班了三天的李乐已经在里面休息了。

秦桑决定下楼试着找个车回家。走出门口就打了个寒噤，寒风带着冷空气在她埋头工作的八个小时里悄悄地入侵了这座城市。

秦桑快步走下台阶，想，以后还是不要坐别人的顺风车的好，如果自己开车的话，这种时候就不用担心回家的问题。

看到站在路灯下那个高高的身影的时候，秦桑愣了一下，脚步也停住了。

周衡大步地走向她走了过去，手里很利落地脱下了风衣外套，几乎在秦桑还没有反应过来之前，还带着他的体温的外套就披在了她的身上。

他带着力量而又温柔深沉的手随即握住了她的肩膀，就那么半拥着她，为她挡着风快步向停在路边的车走过去。

直到上了车，全程他没有说一个字。

而她也没有。只觉得自己被裹在充满了他的温度与气息的风衣里，就像整个人都在他的怀抱里一样。

看着她上车坐好，他关上车门绕到另一侧上了车，沉着声音对驾驶座上不知道如何打招呼的胡一桦说："开车。"

胡一桦从后视镜里看了一眼周衡冰一样的脸，还有那个似乎被包在他的黑色风衣里只露出一张肤色如瓷的脸的女孩，深深地同情她眼里露出来的惊诧：姑娘，你慢慢接受吧。你喜欢的那个男人在受伤之后，全面恢复了他腹黑霸道的本来属性。

"饿吗？"面容冷峻的男人声音低沉，似有些温柔，但又似毫无感情。似很满意里秦桑整个人都裹在他的风衣里的感觉，他的眼眸深处闪过了不易觉察的星光。

"呃？还好。"晚餐后连续工作了七八个小时，她确实饿了。

"想吃什么？"周衡这么一问，让竖起耳朵听动静的胡一桦心肝儿一颤：爷，大小姐，咱虽然有钱，但这个点儿，可千万别想吃什么没得卖的玩意儿呀。

"回家下碗面就好。"秦桑饿得已经想好了，家里还有小半锅鸡汤，做鸡汤面正好。

"回家。"

半个小时后，周衡坐在餐桌前，双手交握放在下巴，冷峻的五官没有表情，但一双幽深的眼睛闪着明亮的光芒看着正在厨房里煮鸡汤面的秦桑。

刚才她下车后，他跟着她要进门。她很疑惑："凯奇先生，我到家了。"

"我知道。"

"那个，谢谢你送我回家。"

"不客气。我也想吃面条。"他很不客气地提出了要求。

她脸上闪过了惊讶与尴尬还有一丝无奈。

他的眼睛里则闪过了一抹戏谑。

之后，她让他跟着进门了。

6

邹棉还没张开眼睛，便被剧烈的头痛折磨得不由自主地呻吟了一声。好一会儿之后，他才意识到了自己的状态不对：他好像枕在谁的腿上？

张开眼睛看到的情形让邹棉的脸不由得一热，因为他枕在赵如意的腿上，所以，他张开眼睛的时候，刚巧就对上了……

邹棉慌忙地起来的时候，因为车后厢里的空间有限，他差点儿撞到了她的胸前……

赵如意张开眼睛的时候，以为邹棉白净的脸上闪过的颜色是因为他的残酒未退，她守了他一夜，天亮时没忍住，眯了一会儿，没想到就睡着了。

一醒过来，赵如意马上恢复了赵助理状态："总裁，你还好吗？昨晚你喝多了，大小姐打电话给我让我去接你。你醉得太厉害，我不知道你家的密码，只能让你在车里休息。"

"34112。"邹棉忍着头痛，深呼吸一会儿，才算将刚才的尴尬压了下去。

"呃？"

"我家的密码。"他很少回梁家祖宅，大部分时间都是自己住在他自己购置的公寓里。那里唯一进去过的女人除了钟点工就是他姐。而这个密码，连他姐都不知道。

"好的。我记住了。"赵如意真的认真地在记忆，就像记忆与工作有关的其他事情一样。邹棉心里不禁再次为自己刚才的尴尬感觉到一丝气馁：赵助理大概是对他最有免疫力的女孩了吧？

"抱歉。我昨天心情不太好，喝多了。"

"没关系。总裁现在需要回家休息吗？还是直接回办公室？我订了醒酒汤，确认一下让他们送到哪里去。"

"我先回家。你辛苦了，你也先回家休息下，下午开会的时候再到公司就可以了。"

"好。那我让人把醒酒汤送到总裁家里去。"

"谢谢。"

"这是我应该做的。"赵如意表现得就像一个细致周到又执行力卓越的完美助理。

邹棉只觉得醉了昨晚那一场，早上醒来看到这样的助理也算一种幸运，至少也不是孤家寡人不是？

邹棉不知道的是，从这一天他开始对赵如意不设防，有一些东西，已经在不经意间慢慢地变化了。

邹棉下车走后。赵如意脸上清冷的面具顿时碎裂，她伸出双手捂住脸，用英文狠狠地骂了一句脏话：她竟然睡着了！

但是，他为何告诉她他家里的密码？这是表示他信任她吗？还是，他觉得她与其他的人不同了？

对对对，刚才他说他心情不好。

什么意思？又被秦桑拒绝了吗？

整理了一会儿情绪后，赵如意回到驾驶座上，准备回家换衣服休息一会儿，顺便给秦桑打个电话。没想到才发动了车，秦桑的电话便打进来了："有空赏脸和我去喝杯咖啡吗？"

7

秦桑与赵如意几乎同时到达了约定的咖啡馆，两人在店门前见面时，同时异口同声地说了一句话："你昨晚没睡觉？"

秦桑确实没睡。三点半从研究室出来，看到了等在外面的奇怪的男人，被他一系列的行为扰乱了心绪。

四点他坚持跟她回了周家，吃了她做的鸡汤面，五点半她上床，但一直到九点，她的思维都仍清醒至极，所以就给赵如意打电话，问她是否有空与她一起喝咖啡。

"昨晚，你又拒绝他了？"赵如意先问出口的。

在秦桑面前，她是带着一点姐姐的霸道与任性的，更不会戴着她的总裁助理面具："他喝多了，连路都走不了，在车里睡了一晚。"所以她才一夜未眠。

"我告诉他这次的新药上市后，我会离开研究室。"秦桑说得很不经意，赵如意却深知这对邹棉来说是一个什么样的答案。

"反正你又不喜欢他，留在他的研究室工作又会怎样呀。"

"如意。我找到阿衡了。"

"什么？"

"我找到他了。他真的还活着。"

"……秦桑，你现在思维正常吧？"赵如意还是不太相信，毕竟，三年前那一次飞机失事的惨烈事故是全世界都知道的悲剧。

秦桑将她去乌克兰后发生的事情简略对赵如意说了一遍，然后问了她一个问题："我为何会有那样强烈的感觉，觉得那个人他就是阿衡呢？"

"果然，女人一恋爱智商就下线。亏你还是个博士呢，你不会拿他的DNA 去检验一下呀。人脸会变，声音会变，身高也可以变，但是 DNA 是不会变的啦。你不是和他祖母住在一起吗？就算找不到 DNA，也可以用他祖母的 DNA 与那个人比对呀。反正你在研究室工作，这一点很容易做到不是吗？"赵如意真是忍不住鄙视秦桑，"秦桑我发现你真的是挺笨的。有点怀疑你能不能拿到那个男人的 DNA 样本。"

"我会拿到的啦。"秦桑被赵如意点拨得豁然开朗，自己对自己的智商不在状态也很是郁闷，"如果是他，为什么他回来了却只说是阿衡的朋友呢？"

"藏着大秘密的都不是什么好人。"赵如意下结论，像邹棉那样又脆弱又可爱又坦诚的男人真是太少见了。

"他不可能是坏人，我感觉得到。"

"喂，有点科学精神好不好？不要什么都凭感觉。"

"不说我了。你和你的总裁先生有进展没？昨晚，有没有借酒那什么……"

"秦桑，我发现你这个人真的很绿茶婊耶。平时装得清清纯纯，思想那么污浊！"赵如意瞪了秦桑一眼，将玩笑引回到她的身上，"这么说你的邻居先生昨晚是特意去研究室接你下班的，你说你们没什么，谁信？"

"真的没什么啦！"秦桑反驳着，脑海里却闪过了飞机上的一幕，还有他披在她身上的风衣，搂在她肩膀上的有力的手。

"啧啧啧，这分明是老少女思春的表情，还说没什么？快说！你们到底发生了什么？放心，就算你的阿衡回来了，我也不会告诉他的……"

"真的没有。"

"我说信，你信吗？"

8

与赵如意聊天的时间过得很快，吃完午餐之后，赵如意直接去公司了。秦桑决定回家把钟小姐接出来逛街看电影。

虽然住在一起，但她真的很少陪她，过去这三年，她不是在工作，就是在找阿衡。

她一边打电话一边往外走。

电话里许阿姨说，周少爷已经把钟小姐接走了。

凯奇先生？他接钟小姐去了哪儿？

疑惑着从咖啡店里走出来的秦桑，被站在路边一个高高的男子吓了一跳："凯奇先生？"

他没有应答，只是快步向她走了过来，走到她面前站住，一双深眸如墨潭又如夜空，看得人不由自主地害怕会深坠入其中。

他对她的白色毛衣很满意，看起来保暖，也显现她娇小玲珑的身材。

一阵寒风吹过，他伸手拿起她搭在臂弯的米色外套，似在心中做过千万次那般给她披上，随后那只大手，竟又似昨晚那般落在了她的肩膀上，手臂还稍稍用了一点力："走吧。钟小姐约你喝下午茶。"

秦桑有一点的小挣扎，他感受到了，但却不肯放开她的肩膀，只是下巴坚毅的线条似乎紧了紧。

秦桑的小心脏怦怦地蹦着，简直不知道要怎么与这位十分我行我素的凯奇先生沟通："凯奇先生，我有件事想对你说。"

她想停下脚步，但这个足足比她高了二三十公分的男人却很不愿意和她站在寒风中讲话："到车里再说。"

"我有自己开车出来。"

"一会儿把钥匙给我，我让人帮你开回去。"

"凯奇先生……"

"有话到车里再说，这里风大。"如此不容置疑。

他是阿衡吗？会是吗？不不不，阿衡不会这样霸道，阿衡总是温暖的、开怀的。可是，当阿衡变成了两条腿都不能站起来的阿衡后，他甚至不愿意和她见面，阿衡已变了许多，阿衡他……一定很难过……

"凯奇先生，我想见阿衡。"秦桑决定不等了，她想见他，不管以什么样的方式。"就让我看他一眼就行。不让他知道我看到他也可以。远远看一眼也可以。我保证，只看一眼就走，不会让你为难的。"

秦桑说得很诚恳，她的声音带着长久的思念与泪意。说完之后，她能明显地感觉到搂着自己肩膀前行的男子的身体僵了一下，随即完全包裹住了她娇巧的左肩的手掌加重了一些力道："你会见到他的。"

"什么时候？"秦桑并不好哄，她需要的，也并不只是一句空话。

"很快。"就在此刻。

周衡用了很大的自制力，才控制住自己没有立即将她紧紧拥抱入怀的冲动。只是搂着她的肩膀，不够表达他心里累积的情感。

远远不够。

9

钟小姐很开心。看电影的时候，坚持要由她来买票，结果，她自己买了另一个场次的老电影，却给秦桑与周衡包场了一部两年前的老科幻电影。她把票交给周衡的时候，还特意提醒了一下他："2 号厅给你包场啦。听说这部电影有怪物哦，要好好抓住机会呀。"

秦桑瞪大一双清澈绝美的凤目，目送着钟小姐高高兴兴地自己去了 1 号厅。

"走吧，还有十分钟开场。"周衡的声音低沉，似带着化不开的笑意。

秦桑有些不敢抬头看他，怕他又随手搂住自己的肩膀，赶紧转身向 2 号厅走去。

周衡轻笑出声，长腿一迈紧跟着秦桑走了过去。

电影是好莱坞老牌影星汤姆克鲁斯的影片《明日边缘》，讲一个菜鸟军官凯奇斩杀外星生物后意外获得死后带着记忆重生的能力的故事。

秦桑其实是喜欢这样的电影的。

凯奇在一次又一次的死亡后重生，一次比一次变得更强。一次比一次更爱女主角，一次又一次看着爱人在自己面前被杀而痛苦，一次又一次绝不放弃希望。

身边的男子全程寂静无声，连水都不曾喝一口。

秦桑悄悄地看他的侧颜，不知为何又想起了那个站在九中高二三班窗户边的少年。

她的心中有爱意在流动，亲爱的阿衡，你还好吗？

似感觉到了她的视线，他忽然看向了她，她躲闪不及，就那样落入了他那双比这周围的黑暗更深的眼眸里。

视线绞织着，秦桑主动开口，打破了这暧昧越来越深的沉默："凯奇先生的名字，与电影的主角一样。"

"是吗？"他就是那个怀着记忆为她重生的男人。

"凯奇先生至少他高二十公分。"秦桑说出了一个很科学的结论，"卡洛尔有一段时间的偶像是汤姆克鲁斯的前妻尼可，他经常吐槽克鲁斯的身高不足一百七十公分。"

电影片尾字幕的微光映着男人的侧脸，他深邃的眼眸闪过一抹笑意，然后眼睛渐渐地眯起，低沉的笑声似从他的胸臆发出，一种让人莫名心颤的感觉瞬间袭击了他："秦桑，你这样赞美我，我会忍不住的。"

忍不住什么，他没有说。但看得出来，他的心情真的很好。

秦桑便不知为何也展了颜。大银幕闪动的银光下，她的笑容似月破云层，又似花蕾初绽。那粉色的嘴角微微翘，似在发出一种让人难以抵挡的邀请。

周衡的眼神一暗，全然放弃了所有的抵抗。

当他温热而又有些坚硬的唇碰上她花瓣般芬芳与丝般触感的唇时，他听见了冰原融化的声音，一切温柔而善意，所有的希望破土而出，所有的疼痛都消失无踪。

也许，再也没有哪一个时刻，会比此刻更好！

"啪!"

周衡没有收到预想中的耳光,但脑门上却结结实实地挨了秦桑一掌。

对面的女孩伸直了那只打了自己脑门一掌的纤细手腕,撑着他的脑袋拉开他与自己的距离,另一只手捂着自己的嘴唇往后撤退,她迷人的声音从她白皙可爱的手掌后面传了过来:"凯奇先生!你过分了!"

10

秦桑急匆匆地从 2 号厅里走了出来,脸上的绯色未褪。高个长腿的周衡跟在她的一米开外,冷峻的神情未变,但眼底那片属于好心情的清明却异常惹眼。

等在外面的钟小姐似看出了端倪,捂着嘴轻笑打趣:"一定发生了什么好玩的事情对不对?"

秦桑想板着脸,但一阵热意还是袭击了她的耳朵根儿。

周衡挑了挑眉:"楼下就是商场,两位女士要买买买吗?我付账。"

钟小姐也挑眉:"我很久没有花男人挣的钱了。为了避免吓着你,把你的卡给我就好。你们年轻人自己逛,阿衡,你应该不会只带了一张卡吧?"

"当然。"周衡递给钟小姐一张黑色的卡,钟小姐有些不满地接过,"为何只给我副卡?"钟小姐之所以一直是钟小姐,当然有她的资格。作为钟家唯一的女儿,拥有数不清的财富,她向来只用这种全球限量黑卡的原卡。

"因为原卡已经有了主人。"周衡带着笑意的眼看向秦桑。秦桑一脸无语:演戏而已,需要动用真金白银吗?

"虽然可以原谅。但为了补偿我,我可就随便刷了呀。"钟小姐接过卡,非常骄傲地走了。

秦桑有点担心想跟过去，却被周衡一把拉住："她只是间歇性失忆，并不是失去了生活能力。"否则也不会嫌弃他给的卡是副卡。

"走吧。"

"我并不想购物。"

"那就陪我购物。"

"凯奇先生，我想我们需要谈谈。"

"现在不是正在谈吗？"

秦桑，和你恋爱很甜。

秦桑竟看出了他眼底未说出口的潜台词，那双美目瞬间瞪大，顺便十分罕见地给了他一个白眼："凯奇先生，你真的是阿衡的朋友吗？"朋友妻，不可戏。虽然她还不是妻。

"当然。"自从受伤之后，他唯一的朋友确实是自己。

"我喜欢的人是阿衡。"虽然觉得同他讲这件事情总有点怪怪的，但是，她觉得她必须申明这一点，"我不希望我与其他的男子有认识的朋友之外的关系。"

"很好。"看在这一点上，他可以考虑不去追究邹棉天天接送她上下班的事情。他到底是买下那个研究室，还是另外建立一个更棒的研究室给她呢？

"你的行为很让我困扰。"她说得很严肃。

"抱歉。"他还会继续的。也许，还会更深一点。毕竟刚才在电影院里有点意犹未尽。

"我觉得你在故意不让我与阿衡见面。"秦桑有些气结，干脆一针见血。

"并没有。"他现在更贪心了，甚至想连睡觉的时候都能与她在一起。

"凯奇先生，你有在听我说话吗？"他为何要拿着衣服在她身上比画。

"有在听。"周衡面无表情，手里的动作依旧。只是眼眸深处的笑意泄露了他的敷衍，招手叫店员的行为更明目张胆，"她的码，你们店里的新款全部颜色与款式都各要一套。"

店员惊讶得都不记得要笑："所有吗？先生？"她的店里是全球奢侈高定，因而客人并不多。

"所有。"

男人低沉的声音不容置疑，他看着秦桑那双清亮的透着不可置信以及写着"这个家伙有毛病"的眼睛，再次不由自主地轻笑出声。

秦桑，你的眼里有春和秋，胜过我见过爱过的一切山川。

漂 洋 过 海 来 看 你

第十二章

就是因为你，我想成为更好的人。
只有变得更好，才觉得自己有资格去见你。

1

直到与邹棉和赵如意迎面撞上的时候，秦桑已经放弃挣扎而任由身边这个任性无比的男人买买买了。

她觉得，当商场送货到周家的时候，大概需要一辆货车了吧？但钟小姐似乎仍觉得不太够，打电话让他们到一层的珠宝专柜去。

然后，就在珠宝店巨大的橱窗前，与正为股东们挑选新年礼物的邹棉与赵如意不期而遇了。

赵如意完全在工作状态中，小声地向邹棉报告着每一位股东的偏好，以及往年送的是何物，分析今年股东会上有可能会出现的变动。邹棉也听得很认真。但他还是被面前熟悉的身影从工作状态中提了出来："秦桑？"

赵如意几乎是马上停下了说话，邹棉难以掩饰的黯然神伤让她备感失落，却也作为一个合格的助理向微微向秦桑打招呼："你好。"

秦桑身边那个男人就是那位凯奇先生吗？他哪里像周衡了？根本就是两个人好吗？在美国时，她在留学生群里见过二十二岁的周衡的照片，五官、气质根本就是两个人不说，身高不可能高那么多，秦桑那个家伙，是要为自己的移情别恋找借口吗？

邹棉也在打量周衡。当然，他并不认为这个男人就是周衡。但他敏锐地觉察到了从这个男人身上传达出来的敌意与霸气。他是谁？为何对自己有这样深的敌意？

"你好，总裁。"秦桑微微地对邹棉点头，完全是工作之外遇见上司的语气，倒是面对如意，不知道为什么有些不好意思。"如意，真巧。"姐姐，你的眼睛能不那么毒吗？我和身边这位真的没有什么呀。

"是呀。很巧呢。"鬼才相信你和这个男人什么也没有。秦桑你个绿茶婊想骗我没门儿!

"……"秦桑一脸无语,感觉此刻绿茶婊这顶帽子被赵如意扣得结结实实。

"走吧。"周衡横行无忌地搭上秦桑的肩膀,几乎将她半拥进怀里往前走。他根本不屑于与邹棉打招呼。如果说高中时还觉得挺欣赏这家伙的话,在他开始明目张胆地追求秦桑后,他对他就完全没有什么好印象了。

邹棉完全无法掩饰尴尬地僵硬在当场,目送着周衡拥着秦桑进了珠宝店,他漂亮的眼眸里闪过火光,却又慢慢地淡了下去:"赵小姐与秦小姐认识?"他是不是对自己的助理了解得太少了?竟然不知道她与秦桑这么熟悉?

"啊?"赵如意心里闪过一声糟糕,她只顾着鄙视秦桑绿茶婊,却忘记了邹棉不知道现今的她与秦桑的关系的事实。但事已至此,也只能坦白承认,"秦小姐是我舅舅的女儿。我们是姐妹。"

半晌,邹棉才问出声:"你是,赵如意?"

2

是呀。我是赵如意。那个赵如意。一直是赵如意。

只是,你从来没有在意。

那天晚上半夜,明明被前一晚未散的酒意困袭,却躺了半天依旧未眠的邹棉从床上坐了起来。

十年前,那个高高胖胖的,时常低着头看不到她的脸的邻居女生,奋不顾身奔向车流的画面,一遍一遍地在他脑海里回放。

那个赵如意就是他目前为止遇到过最好最优秀的特别行政助理赵小姐吗？

邹棉有些沮丧地发现，他失眠的原因多了一个除了秦桑以外的人。

赵如意，她在他身边做助理，是故意为之，还是仅仅只是巧合？

天快亮的时候，邹棉终于没忍住，打通了姐姐的电话："姐，那年我进看守所的时候，那笔和解金是谁借给你的？"

会是赵如意吗？

"我答应过她，不能说。"其实邹欢挺想说的。

如果说之前她看到赵如意的时候，有些害怕赵如意是另有目的地接近弟弟的话，现在她反应过来了。

这些年，她见过不少因为邹棉的容貌以及梁家的财势接近邹棉的女孩，她们喜欢邹棉没错，帅气多金，又能力卓越。

但是，她从来没有在那些女孩眼中见过把那十万块钱交给她的赵如意的那种眼神。

就是那种只要邹棉没事，她什么都会好的眼神，让邹欢明白，与邹棉识于微时的赵如意是不同的。

当时她与弟弟的困窘处处可见，除了那时尚未出现的父亲，根本没有人能预知她与弟弟的未来。

一个十七岁的自卑少女，也根本不可能有为着财势倒追邹棉十年的心机。

需要考虑的，反倒是她会否因爱成恨。毕竟当年邹棉，甚至现在的邹棉都对她毫无感觉，她恨而成仇，在邹棉身边做助理只是报复的一步。

所以，邹欢并不想告诉邹棉当年的事。

"是我认识的人吗？"邹棉问过多次，邹欢都不肯透露，他已经习惯了，但仍不想放弃，此刻他对赵如意十分好奇。"姐，你记得我们租房子时邻居的那个女孩吗？"

"秦桑吗？记得。你还没追上人家吗？"

"不是。另外一个。赵大富的女儿赵如意。"就是因为赵大富，他才决定了要回梁家，杀入了梁家的明争暗斗里。

"是有那么一个女孩。怎么了？"邹欢深知自己弟弟的心思并不在赵如意身上，所以一直以来都不知道那个胖胖的自卑女孩就是今天英姿飒爽八面玲珑的赵小姐。

"她是我的助理赵小姐。"这就是他彻夜未眠的原因。他甚至能确定，她当时是为了救他和姐姐于困境才后退倒向危险的车流的。

"是吗？她向你表白了吗？"邹欢这一句话戳穿了那层邹棉早已察觉却假装不知道的纸，"我以为她不会说。"

她确实没有说。

她只是，提出了辞职。

3

清晨，冷空气似乎爱上了上海，寒风带来了细雨，空气冻得有些彻骨。

高高的周衡撑着一把雨伞等在周家门口，对一脸无语地瞪着他并且打算不再搭理他的秦桑有些不满。

"为何不穿新衣服？"明明替她购置了新的冬装。

"我只打算接受我的丈夫给我买的衣服。"秦桑的回答傲娇又认真，"今天我自己开车去上班，凯奇先生请回吧。"秦桑的浅灰色羊绒外套里穿了一件淡豆色的毛衣，整个人清新得就像一朵这冬雨里的一朵冰花。

"走吧。雨天路滑，你的小车会摔倒的。"周衡不容置疑又十分熟悉自然地伸出左手揽住她娇小的肩膀稍一用力将她纳入了自己的雨伞下，坚决地无视了她的挣扎，"我只是在实现对阿衡的承诺照顾好你。"

"他在哪里？"这一段时间来，几乎每一次见面，秦桑都向他要求与周衡见面。但这人的脸皮厚到几近令人发指，借口多到令人难以忍受，几乎完全无视她的认真与执着，"让我见他一面。我就相信你。"

"好。先让我送你。今晚就让你见他。"周衡满意地用眼角的余光看到女孩的脸绽放出惊喜的笑意："真的？凯奇先生不会食言而肥吧？"

"我并不胖。不过只是视频。"至于在视频里她能见到什么，他就不保证了。

"视频也可以。谢谢你。"秦桑有些单纯，但她并不笨，"会是清晰的视频，对吧？不是事先拍摄好的，而是现场，对吧？"

"要求不要太多，否则会不能实现。"在周衡看来，她冥顽不灵的可爱。

最近她在收集可以为他做 DNA 化验的样本，向钟小姐要了他小时候的胎发，在收集的过程中，甚至想拿走他用过的杯子筷子之类的东西。这些都让他觉得她有趣至极。

她在抗拒他，也在怀疑他。这样说的话，即使他不再是以前的周衡，她仍然对他有感觉，不是吗？

心里这么下了结论，周衡揽住她肩膀的手，不禁又收了收："今天晚上一起在外面晚餐。"虽然他每天除了睡觉的时间几乎都待在周家赖着不走，但是，仍然觉得处处给他制造机会的钟小姐是个电灯泡。

"不行。今天晚上我要加班。"新药已经完成。明天她正式离职，需要做一些重要的交接工作。

"从今天开始，那是你的研究室了。你说不用加班就不用加班。"从邹棉手里买下这间研究室，费了些周折，但因为她的决意辞职，邹棉倒也乐于赚他多给的一倍价钱。

"那不是我的研究室……"秦桑想起这个家伙在商场里挥金如土的样子，不禁停住了脚步，"你连研究室都要买？"

"反正有你。不怕赚不到钱。"国内目前最顶尖的化学专家，比她老的有，比她年轻比她优秀的则没有。

"凯奇先生，我觉得你需要去精神科确诊一下。"他如果不疯，就是一个完完全全的偏执狂，而且干净洁癖到令人发指。她直到今天都还没有搜集到他的 DNA 样本，她都要开始怀疑自己的智商了。

男人低沉的笑声从头顶传来，那种"他就是阿衡"的熟悉感觉又在这个瞬间侵蚀了秦桑的身心。

4

车停好后，周衡仍然一手撑着大雨伞一手坚决不移地揽着秦桑的肩膀往入口处走。

那名戴着兜帽的枯瘦男子忽然从雨中冲出来的时候，秦桑吓了一跳，周衡则事先觉察到了危险，将秦桑揽得更紧警惕地要离开。

"请问，你是救心五号的发明者秦桑博士吗？"那男人的声音阴寒而干涩，令周衡都有些不安。

"是我。"那一款对心衰病人很不错的特效药，上市两年来反应一直都很好，已经成为心脏科医生的常用药。

　　"把我老婆还给我！"那男子的声音带着痛楚的凄厉，快速从衣兜里拔出刺过来的刀闪着寒光！别说是秦桑了，就连已经警惕的周衡都没有意识到他的动作会那样迅速而精准。

　　周衡迅速扔过去的雨伞被对方一手隔开，周衡反身将秦桑全部护在怀里，长腿以攻为守向冲过来的男人踢去。

　　那男人十分狠辣，生生受了周衡一脚，手里的刀却稳稳地刺入了周衡的腿。

　　与双腿无时无刻不在的痒与痛相比，伤口的疼痛似乎反而是一种宣泄。周衡血液奔涌的腿再次踢出，奇准无比地将那名男子踢晕在地。

　　秦桑眼睛里全是慌乱与震惊，但她却仍然冷静，打110、120的时候都非常准确地说出了地址。

　　她双手抱着周衡的腰，将他扶到了车上，随即打开了急救箱，为他做简单的止血措施。只是不知道为何，止血效果很差。眼看着新鲜的血液仍从伤口里不断流出，秦桑的脸惨白如纸，她的双手紧紧握住了止血带用力，连碰到了某男的敏感部位也不自知。

　　"不对。血止不住！可能伤及了大动脉！救护车怎么还没到！"车上急救箱里的东西根本不够用！

　　秦桑很焦急也很冷静地试图以双手的力气加强止血带的作用。而在周衡看来，她整个人就像趴在他胸前，而双手就在他大腿周围点火一样。

　　那名男子有精神疾病，他的妻子有心脏病，这两年来依靠秦桑发明的药物维持，但因为太过劳累不幸病发去世。这名男子认为药出了问题，所以处心积虑找秦桑进行报复。

　　做完警方笔录后，双手和衣服上都是周衡身上的血的秦桑，马上赶回了医院在急救室外等着。但等了许久，都没等到他出来。

胡一桦过去叫她的时候，她几乎是跳着转过身来的："他没事吧？"从受伤到入院，血一直止不住，这可不是一个好现象。

"暂时没事。不过他转去了其他医院治疗，凯奇先生让我来送秦小姐先回家。"到了维克那里，应该不会有事。

"转院了？转到哪个医院了？"她在这里等了这样久，竟然没人通知她一声！这医院怎么回事？差评！

"哪个医院不便透露。秦小姐请先回家换身衣服吧。"浅色的衣服上都是血迹还挺瘆人的，秦桑这副形象的肇事者现在已经在飞往德国的飞机上了。

衣服？秦桑低头看了看自己身上沾满了他的血迹的衣服，不知道是应该庆幸还是应该郁闷：终于有了他的DNA样本了，但方式也太惊悚了。

5

那天晚上，秦桑根本没回家，而是直接返回了研究室，连夜开始分析DNA样本比对。

天亮的时候，秦桑看着结果半晌都没反应过来。

DNA相似度百分之八十五但不完全吻合是什么意思？

是兄弟？

钟小姐说过，她和周先生只有周榕一个孩子。而周榕与妻子十分恩爱，也只有周衡一个孩子。

周先生父子另有情人或者妻子的后代？

秦桑谨慎地又再次用胎发与血液重新做了一次比对，结果与前一次是一样的。

他不是周衡，可是为什么，她总是会有他就是周衡的感觉呢？

三天之后，德国，VIP病房里，已经沉睡了三天的周衡被维克一本正经的声音吵醒："周公子，你再不醒，秦桑就要被别的男人抢走了。"

周衡虽然刚刚张开的眼睛，但眸子却闪过一抹杀机。

维克得意地拍一拍身边唐信的肩膀："我说了，秦桑这个名字百试百灵的。记得你的承诺，一百万。"

"好吧。"唐信无奈地耸肩。花费了一些周折才成功止血让伤口开始愈合的周衡一直处于昏睡状态，唐信就与维克打赌，如果维克能很快叫醒周衡，他就帮他赚一百万。谁知道周衡居然真的被他一句话就叫醒了。

"原因。"周衡盯着维克，他很不高兴醒来的时候知道自己离秦桑千万公里距离，所以惜字如金，连一个字都不想与一看到就与双腿的疼痛联系起来的维克多说。

"你的新骨头正在与你的肌肉与神经整合，它们忙着打架，好像忘记了止血这件事。"维克决定解释得深一些，"一段时间内或者长时间内，你的双腿出血将很难止住，就像比较严重的血友病的症状。不过这只是血液情况，其他方面应该不影响，比如说性生活。"

"滚出去。"周衡的脸都能结冰了，但他想起了什么，"我的DNA会有变化吗？"

"我不知道。我说过，你是第一个用这种新材料做骨头成功的病例。不过我可以替你查一下。"

"今天之内我要看到结果。"

"看在你有钱的份上。"等周衡量醒来的时间里，他好奇地向唐信打听了一下周衡的财富状况。

他用的问句是："比盖茨和小库克都有钱吗？""德国国库一年的税收？""美国一年的财政收入？"

得到的答案，都只有一个字。

"嗯。"

简直富有到没有天理好吗？竟然还要用唐信这样的怪才替他赚钱，他是想要怎样？买下整个地球送给秦桑做戒指吗？

6

已经一个月过去了。

秦桑几乎已经养成了每天回家先到隔壁问一声凯奇先生回来了吗再回家的习惯。

这一天，秦桑停好了车，又先走到了隔壁大门前。只不过今天她没有按门铃，而是发呆地盯着大门上的指纹密码锁看。

她在想他。

怎么办？

她还是觉得他是阿衡。

怎么办？

她希望自己的感觉是错的，但是她的心却开始想他。

怎么办？

她在做很多事情的时候，都在想这段时间他和她在一起的样子。

比如此刻，她就在想，每天他在周家蹭完晚饭，然后坚持让她送他出门，让她看着他按了指纹锁开门的样子。

指纹?

一道光从秦桑的脑海里闪过，她愣了一秒，马上往家里跑。

五官会变，气质会变，声音会变，甚至身高与DNA都会变。指纹总不至于也完全变化了吧? 如果他不是国际罪犯需要刻意隐瞒一些什么。

秦桑并没有专业学过如何提取指纹，但对于一个顶尖的化学家来说，这也难不倒她。

虽然周衡已经离开周家近十年，但是，那是他的家，总会有属于他的痕迹。比如说，他的相册，他看过的书，用过的书签。

周先生与钟小姐有属于自己的书记房，这些物品上面应该只有两个人的指纹。他的和她的。

五天之后，春寒料峭的上海寒风猎猎。穿一件浅驼色外套的秦桑将戴着指纹手套的手掌按上了隔壁的密码锁。

"嘀!"

一声轻响后，大门打开了。秦桑愣了好一会儿，才看着打开的门，用双手捂住嘴，想笑，眼泪却大颗大颗地从眼睛里滚了出来。

听到了开门声的胡一桦以为是周衡突然又放弃治疗回来了，走出来却看到了正对着大门泪落如雨的秦桑。

他愣住了，好一会儿都拿不准她在哭什么，直到她终于开口问了他:"阿衡他是不是在德国?"

"你……知道了?"胡一桦有些反应不过来，周衡不是说DNA比对是分辨不出来的吗? 她是怎么知道的?

"谢谢。"秦桑的声音哽咽，但却充满了异样的伤感与欢喜，"谢谢。谢谢。"

原来真的是他。

原来她没有错。

原来感受到的爱意是真的。

原来她的想念没有骗她。

原来她等到了他。

秦桑再也无法抑止情绪，就那么站在似暖还寒的春风里，呜呜地哭了起来。

两个小时之后，刚刚做完痛苦治疗的周衡接到了胡一桦的电话："阿衡，她知道是你了。她用你的指纹打开了大门。"

周衡靠着床，缓缓闭上了眼睛，嘴角露出一丝不易觉察的微笑："聪明至极的女孩。"

她知道了。

可是，他并不想让她知道。

因为，他不想让她面对接下来更残酷的现实。

7

维克的办公室里，唐信脸色阴沉地看着脸色同样难看的维克。

维克表示无能为力："现在用的都是有针对性的最先进的治疗方案。但治疗的效果并不大。这次受伤意外刺激了他的新腿骨，让新骨头的力量变得更强，目前情况来看，他难以抵御。"

"最糟糕会是怎样？"

"新骨头可能会渐渐吃掉他的双腿，如果不及时截肢，有可能会吃掉他。"

"为何会这样？原本的情况并没有这样糟。"

"原来的他确实与他的新骨头势均力敌。但这次受伤好似激发了新骨头的防御系统之类的，所以……"

"他不会接受截肢的。你得想办法。"

"我没有说要放弃。"

"谢谢。"

"替我再赚一百万？"

"如果他没事。一千万也可以帮你赚。"

"对阿衡这么深情，你真的不是同性恋吗？"

"一百万投资失利没了。"

"别！我是直男。你也是。"

上海，梁氏大厦楼下。邹棉看到秦桑的时候，愣了一下，才快步跑过去："秦桑，你怎么在这里？是来找我的吗？"

"总裁你好。我是来找如意的。"秦桑站起来打招呼。邹棉觉得，她看起来，又有些不一样了。似乎，变得更好了。

"抱歉。办公室的事情很多。"赵如意匆忙跑过来，发现邹棉后忽然停下了脚步行礼，"总裁。"

"赵小姐很久没有休假了。那现在开始就休假吧。"邹棉眼内难掩秦桑出现并非为自己的失落，但看到赵如意后，有一丝内疚涌上了心头，"不过只能休三天。在我找到合适的助理之前，你依然得来上班。"

没错。他答应了赵如意的辞职。但只有一个条件，帮他找到合适的助理。当然，所有来面试的人都被他最后刷下去了。

"好的。谢谢总裁。"赵如意能够感觉到邹棉对自己有些不一样了。

　　自从他知道了她就是当年那个高大胖少女赵如意之后，他对他的态度就有些怪怪的。

　　"三天后别忘了回来上班。"邹棉转身走了。他觉得自己有些狼狈，不管是面对赵如意，还是面对秦桑。

　　"怎么想起来找我了？"赵如意目送邹棉的背影走远，才转身挽着秦桑的手往不远处的咖啡店走去，"托你的福，有了三天休假。"

　　"你们总裁，对你好像有点不一样了。"秦桑敏锐地发现了邹棉对赵如意的态度有变。

　　"是呀。"赵如意挺无奈的，"因为他知道了我就是当年那个高大胖丑得要死的赵如意。"

　　"他被吓呆了然后呆到现在吗？"秦桑觉得，邹棉对自己也有点不一样了，好像，不如以前那样执着了。当然这是好事。她只需要阿衡一人对她执着就好。

　　"谁知道呢。我辞职了。等找到新助理，我就真的走了。"

　　"你舍得？"

　　"不舍得。但是得走。每天都越来越贪心，又每天都越来越失望。周而复始。我要重新思考一下我这十年来做的这件傻事。"

　　"你怎么会傻。你这么勇敢。"

　　"秦桑别与我矫情呀。我勇敢个屁，到现在都没敢表白。"

　　"可是你为了他，变成了这样好的样子。"

8

　　"虽然你说得很矫情。但好像，真的是这样的。"

"嗯。"

是吧。真爱一个人，一定会想变得更好的吧。就是因为他，想成为更好的人。只有变得更好，才觉得自己有资格去见他。

就像赵如意为了邹棉，很努力很努力地奋斗，变成了今天的样子。

就像她自己，很努力很努力地一直向前，变成了今天的样子。

就像阿衡，即使变了容颜断了双腿，也会忍耐很多很多的痛楚，变成更好的样子，回到她的身边。

"别光说我了。你呢？今天怎么有空来找我？英雄救美的凯奇先生感动了你了吗？你要确定自己移情别恋了吗？"

"他就是阿衡。"秦桑说这句话的时候，嘴角含着微笑，既伤感又快乐的神情让她的整张脸都闪着动人的光芒。"如意。我的感觉没有错。他就是阿衡。"

"不是 DNA 都不对吗……"赵如意难掩惊讶，"如果是他，为何DNA 会不对……你没搞错？"

"为了治疗腿伤，他选择了一种具有生物性的新材料作为人工腿骨。新的腿骨影响了他的 DNA……"

"专业术语太多，听不懂。你的意思是他换上的骨头让他长高并且变成了另一种 DNA？你确定我们不是生活在科幻电影里吗？"

"我要去德国找他。"

"所以？"

"他可能不会愿意见我，我可能会待得久一些。"

"所以？"

"我已经拜托了小茧帮忙照看钟小姐。但他是男孩子，如果可以，我拜托你帮忙看顾一二。"

"人家又没有娶你，你就帮人家养老抚幼，还拖上我……"赵如意嘴上说着不满，眼睛里却写着真诚的祝福，"我告诉你，男人矫情的时候，你打他一顿就好了。本来就不知道能活到什么时候，好好在一起不行吗？非要又跑又躲好无聊的好吗？"

"知道了。你也去打你们总裁一顿吧。打他一顿，他就会爱上你了。"

"你别说，惹毛了我，还真有可能会打。"

"我去德国的事情，只有你和小茧知道。请帮我保密。"秦桑知道周衡不一定会见自己，也知道他情况有可能很糟糕。

但她想尽量避免他知道她要去找他后，先行避开的情况发生。

早上出门的时候，秦桑特意交代钟小姐晚上不要等她因为她晚上会加班到很晚，大概要天亮才能回家。

得知秦桑要加班后，玩了一夜游戏的胡一桦天亮就开始睡觉，等他傍晚睡醒时察觉秦桑已经两天一夜没有在家后，慌乱地用软件一查，秦桑的信息已经出现在德国了。

周衡脸色寒得可令周围空气结冰地挂掉胡一桦的电话之后，抬眼看嘴角含笑地看着自己的秦桑，还有正在被他当成了办公室的会客厅里假装忙碌目光却总好奇地往这边看的唐信和维克。

"滚出去。"

9

周衡的声音冷酷而带着杀意，秦桑挑了挑眉毛，只是把手里的行李箱轻轻地放到了地上。

　　唐信一溜小跑地过来把房间门给关上，笑容很是有些谄媚："别担心。他指的是叫我们滚。不是你。"

　　闻名不如见面呀，这女孩悄无声息就出现在这间很少有人出现的几乎是为周衡而建的VIP病房里，简直没有天理好吗？她是特工吗？是怎么做到的？

　　"不是说出入这里的安防万无一失吗？"唐信问维克。

　　"是呀。万无。一失。她有住在病房里那个家伙的指纹和DNA。"所有关卡都是高科技门禁，防别人妥妥的，她一伸手就能打开。

　　"我觉得未来老板娘有点可怕。"

　　"目前她算是全球最顶尖的化学家之一。"

　　"哇哦。"

　　"也许她不只是周衡的精神支柱。"也许可以把她空降到新药的研究室里去。当然，如果阿衡那家伙同意的话。

　　病房里，周衡的眼睛绞着于秦桑的一切，想逃避，想对她发怒，冷酷，残忍，让她滚。

　　但所有的情绪在他的身体里冲撞着就是无法找到出口。

　　他的双腿疼痛难忍得让他觉得几乎要放弃再次行走的想法。

　　但这一切，都无法让他移开贪恋她的目光。

　　他太想念她了。

　　如果说，在回上海之前他有依靠她的照片与录音支撑下去的话。这几个月的上海之行变成了鸦片的毒，他中毒太深，根本不可能靠照片与录音浅尝即止。

　　他看她的照片越多，便越觉得只是饮鸩止渴。

他需要更多。他需要见到她。他需要闻到她的气息。他需要她活生生地在他的面前，让他伸手可触。而不只是在纸张里，在屏幕里，在冰冷的机器里。

而当她似神赐的惊喜般出现的此刻，他又怎么可能做得出比贪婪地看着她之外的事情？

她好似又清瘦了一些，白皙的小脸光滑而精致，让他总有一种冲动想伸手去再次感受那花瓣一样的触感。

他的眼神深了又浅，浅了又深。

似说完了这些年来从未说出口过的所有爱意与情话。

又似，什么也不敢说不必说。

秦桑任由他看着，一直没有说话。

她只是走近过去，轻轻地在他床边站着，眉眼含笑地看着他。

他还活着。

真好。

还能见到他。

真好。

他没有逃跑。

真好。

他没有赶她走。

真好。

"秦桑。"

"嗯。"

"我可能不能爱你很久。"

"嗯。"

"如果你害怕，请现在就走。"

"嗯。"

"不走吗？"

"嗯。"

"不走的话，可不可以过来抱抱我。"

"好。"

秦桑感觉到怀里的男子在落泪，滚烫的热泪似透过她的衬衣渗入了她的心脏。

她用双手紧紧拥抱他，低头轻吻他有些坚硬的发丝。

"阿衡。"

"嗯。"

"周衡。"

"嗯。"

"不要再试图避开我。"明明在我面前，我却看不见你，这样的事，我只允许发生一次。

"好。"

就是因为你，我想成为更好的人。只有变得更好，才觉得自己有资格去见你。

10

梁氏大厦。邹棉的办公室里。

高挑而又身材绝好的赵如意站在办公桌前，脸上的表情几近崩裂："总裁，请你告诉我，你到底需要一个什么样的新助理？”

这半年以来，他刷下的顶尖专业人才没有上千也有八百个了。

“没想好。但是他们都不合格。”邹棉似很认真严肃地回答，但连他自己都没有注意的是，他好看的桃花眼里闪过一抹笑意，“请赵小姐再坚持一下，我找到新助理，一定让你走。”

昨晚姐姐打电话来说什么来着？肯花费十年时间一步一步地走到他身边的女了，这辈子可能都不会遇到另外一个了。

更有意思的发现是，赵如意眼睛里闪着怒火的样子，还，挺有意思的。

合欢街 45 号。

小交警秦茧下了班就被钟小姐催着命儿一样叫了回家：“钟小姐，我只是个交警呀。要是中途跑回来，整个上海的交通都有可能瘫痪的。”

“你那里有这么重要？我问你，秦桑呢？她昨天说加班，怎么到现在还没回来？她是不是又跑去找阿衡了？”

“我的钟小姐哎，妻子跑去找丈夫，不是很正常吗？有什么好奇怪的？”

“但是阿衡很久没有打电话回来了！”

“他昨晚才与你在视频里聊天。”

“真的吗？”

“真的呀。”

“我不信。现在你让他给我打电话。”

波士顿一处豪宅的卧室里，男人被电话吵醒，他将怀里的女子更紧地拥进怀抱的深处，才声音暗哑性感地接起了电话：“你最好有很重要的事。”

秦茧的声音很不怀好意地在那边响起：“钟小姐一定要确认你还活着，算不算重要？”面对这位据说是超级富豪的神秘姐夫，秦茧这个小舅子有很大的意见。怎么可以人都没见到就把他姐姐娶走了！这还有天理吗？！他不服气！

"看来你对钟小姐越来越没有办法了。"周衡对小舅子没有恶意，只是偶尔觉得逗着他玩也是一种生活乐趣，"钟小姐你都搞不定。周静书看来跟你也没什么缘分。"三个月前，他的堂妹周静书回国探亲，秦茧这小子对她一见钟情。这事儿周衡可是纳入搞定小舅子的计划里了。

"难说。"至少现在他哄得她不出国去了不是吗？

"阿衡。秦桑呢？你俩干吗去了？怎么还不回来？想学你爹妈丢下我不管吗？"

"钟小姐。早上好。"周衡看了一眼窗外刚刚露出鱼肚白的天空，"我和秦桑还在床上。我觉得你现在给我打电话不利于我们的造人计划。"他说得很暧昧。被吵醒的女子在被子下伸手挠了一下他的胸膛，他顿时觉得一秒钟也不能再和钟小姐扯皮下去了，"秦桑怀孕的话，我们就回去。所以，你是不是应该现在和我说再见好让我再努力一下？"

"好。加油呀。"钟小姐一脸坏笑地挂上电话，单身汉秦茧的脸都黑了。

大床上，秦桑被吻醒，趁着呼吸的间歇问："腿感觉怎么样？疼痛有减轻吗？"这几乎已经成为她研究出新药之后每天醒来必问的问题。

"没有。"

"啊？为什么？"

"有个更好的止痛方法。"

"……阿衡，不要每次都这样……我要知道药对你有效还是无效……"

"你对我最有效……"

结局

十七岁那年，周衡对于爱情没有任何感触。

他更爱数字，物理学，化学，还有一切有趣的东西。

因为胡一桦随意一句"你竟然考不过一个女生"的戏言，他跑到二班去看看这个女生到底长什么样的时候，也不曾预料，那个眸光清亮如水的女生，从此嵌入他的生命，须臾间长成了他命运里的树。

十六岁的秋天，秦桑抱着一大堆的新书要回二楼的教室，差点儿撞到了人。

"抱歉。"她在书堆后面赶紧道歉。

"没事。我帮你。在哪班？"他的声音清亮醇厚，抬手就将她怀里的两大捆书提走，长腿大步地跑上了楼。

"二班。谢谢。"秦桑手里轻了许多，少年大概还急着去做什么事，背影早已消失在楼梯转角。

那天，她只看了他的背影一眼。

从此，一眼万年。

《故事暂止，爱远未完》

漂　洋　过　海　来　看　你

后记

当我终于成为一棵树

十九岁那年，曾经喜欢过一个男孩子，不太高，不太帅，名校毕业，显得正气、阳光。

那时候，总觉得自己阴郁无比，于是，疯狂地喜欢他，只是暗暗喜欢，未曾说出来。

一个人独自跑去他读书的城市看他。那时候，穿板鞋不喜欢穿袜子，婴儿肥，穿着自己动手做的大印花棉布裙子，而且从来没有搭过地铁，于是在检票的时候，张扬地从护栏下钻进去，看见他尴尬的脸色，内心安慰自己说，我只是在张扬个性掩饰自己的土气，其实却无比沮丧。因为，自卑地觉得配不上他。

可是，还是那么喜欢他，觉得有他的地方就有阳光，觉得嗨，你得努力变优秀，才配得上他。

十九岁的我眼里便只有爱，有许多夜里会觉得，如果不表白就会错失。

某天我用彪悍且极品的勇气向他表白，我说给你五分钟，要么做我男友，要么从此绝交。也只能在短信里这样讲，现实中，我讲不出。

那时候，将他的短信声音设成马蹄声声，美好得似一部史诗。

嗯，我曾是这样的一个花痴。

我要感谢自己的锐利。

是的。我一直似一枚向上生长的刺，也许会开出蔷薇，但永远有刺。这种锐利，让我在得到他勉强的"好吧"两个字的一个小时后，又用短信宣布与他分手。

那时我对自己说，你看你看，只要你掌握了主动权，即使受伤也不会那么痛。

其实，我自己是知道的，那时候，刺伤我的不是他并不喜欢我，而是，我感受到了他的不喜与敷衍。

还有，我的骄傲。无法承认被拒绝，而受伤了。

从此刻意不再与他联系。

他渐渐远去，远得如同似有若无的神明。一直知道他在。一直不服气。一直好想成为能与他比肩的人。

大学里我沉寂而又孤独，仍然锐利如刺。

我买了电脑，写稿，生病，辞职，离开了那个四季如夏一雨成秋的宁静小城，开始新的爱情，开始在城市森林里打拼。

似乎是忽然之间，我离当年那个连搭地铁都不会的乡下丫头很远很远了，可我知道，我依然是一株带刺的野花，从不放弃生长，也从未放弃自己的尖锐。

他从他常常读的书里看到了我的名字，于是辗转找到我。

嗨，没想到你变得这样好。也没想到，有一天，我会变成仰望你的人。

我久久无言。

是了，他是我年少时，一段柳絮一样消逝在春风里的爱恋。

原来他并不是我高攀不起的大树，只是，我成长的路上，经过的一株灌木。

那时，因为年少，因为我还长在低处，因为我还没有成为一棵树，所以觉得他无比高大，似乎高大到我不能逾越，只能选择低微地向他攀爬。

我慢慢地慢慢地生长着，努力伸展我的枝叶，最终成了我想成为的那棵树。

终于有一天，我忘记了他，认不得了他，他还是他，我还是我，只不过，我已经看不到他的高大了。

我说：谢谢你。

他说：为何要谢我？是我应该谢你。谢谢你越过了我，变得这样好。

我眼泪便落了下来。

原来始终喜欢的那个人，他依然那样美好。

原来，你喜欢的人，并没有喜欢错。

原来他的拒绝，是无法回应的放手。

原来，我已经走着走着，终于错过了他，到达了以前不曾到达的地方，看到了他可能看不到的风景。

今天的我，走在我选择的路上，一往无前。如果我觉得慢时，我还会奔跑。但不管会遇到什么，我不会停下我的脚步。

有一天，我想我会成为更好的自己，去喜欢更好的人。

谨以此，纪念年少时的暗恋，献给奔跑在路上仍在不断成长的自己。

——凌霜降

STAFF/ 制作团队

大鱼文学工作室

【总策划】

苏瑶

【副总策划】

杜莉萍

【执行主编】

杜莉萍

【文字编辑】

周丽萍

【视觉设计】

刘艳　李雅静

【封面和插画】

TENSHUTTER　田阳 Toino　19 组阿满

【版权和媒体运营】

赵婧（zhaojing@dayubook.com）

【校对】

雷双

【官方 QQ 群：193962680】

每周丰富多彩的群活动，好礼不停送！
作者编辑齐驾到，访谈八卦聊不停！

扫一扫看更多图书番外，作者专访